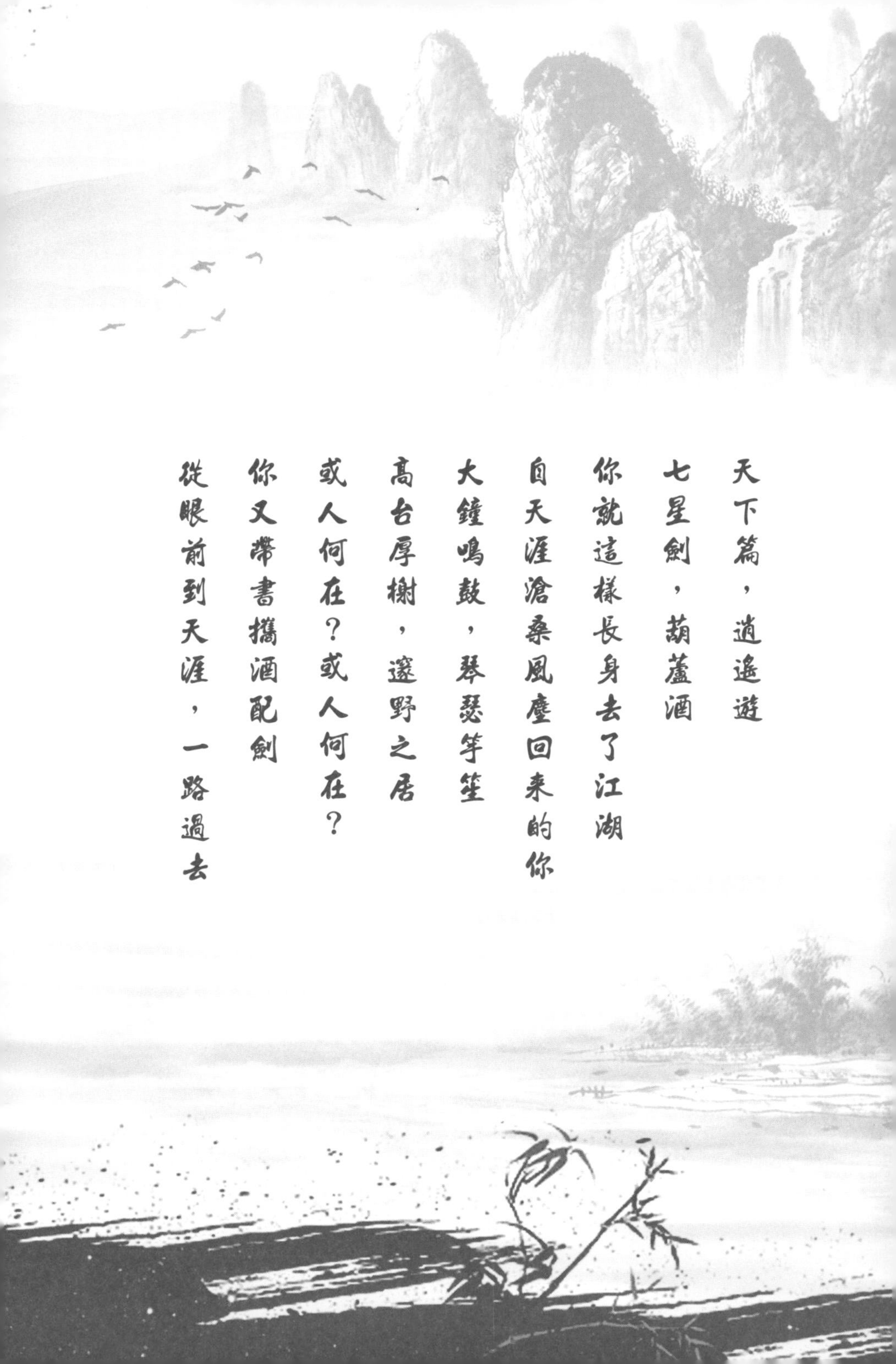

天下篇，逍遙遊
七星劍，葫蘆酒
你就這樣長身去了江湖
自天涯滄桑風塵回來的你
大鐘鳴鼓，琴瑟竽笙
高台厚榭，邃野之居
或人何在？或人何在？
你又帶書攜酒配劍
從眼前到天涯，一路過去

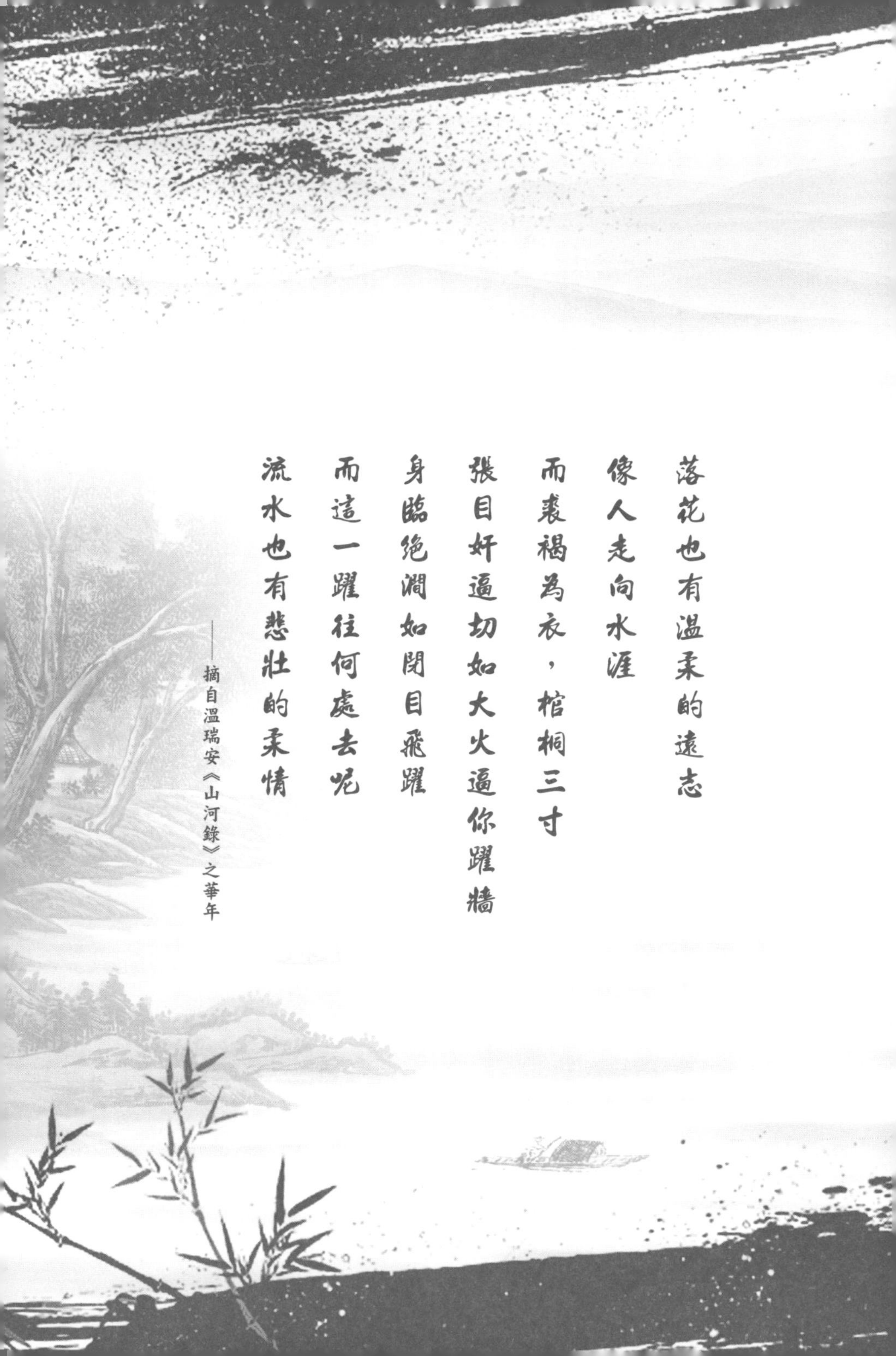

落花也有温柔的遠志
像人走向水涯
而裘褐為衣，棺桐三寸
張目奸逼切如大火逼你躍牆
身臨绝澗如閉目飛躍
而這一躍往何處去呢
流水也有悲壯的柔情

——摘自温瑞安《山河錄》之華年

四大名捕會京師

4

【會京師】大結局

武俠經典新版

四大名捕系列

溫瑞安 著

四大名捕系列

四大名捕會京師

第四冊 會京師

目錄

第五部 會京師

第五部

一 名捕反被捕

「十二把刀」已經殺了第八個鏢師，只剩下兩名鏢師，還在死力苦撐著。

不過苦撐也撐不了多久，十名鏢師合力聯手尚且死了八名，剩下兩名再打也沒有用，可是爲了自己的性命，這兩名鏢師只好死戰。

遇著了「十二把刀」劫鏢，已經不用指望保住鏢銀，而是連保著性命也難上加難了。

「十二把刀」劫鏢，一向是不留活口的。

「十二把刀」不是十二個用刀的人，而是一個人，一個把刀使得如十二柄刀的人。

他的刀法一招十二式，兩招二十四式，三招三十六式，舞到最後，他自己只剩下「十二把刀」，別人連他名字也忘了。

「十二把刀」是一個心狠手辣的獨腳大盜。陝西一帶保鏢均對他十分頭痛，但卻奈何不了。

一個人能使十二把刀，的確不是容易被擊毀的。

現在「十二把刀」刀法一緊，一名鏢師的手就被砍了下來，跟著，臂、肩、頸、胸、耳同時中刀，接著，腿、踝、趾、腰、腹、臀又接連中刀。著名鏢師立時像折了線的木偶一般，折裂於地。

死在「十二把刀」手上，是從來不只挨一刀的，身上至少十二道刀傷，所以，縱然手下不留活口，別人也知道是他幹的票。

最後一名鏢師臉都白了，手也抖了，連手中的金鞭也幾乎握不住了，囁嚅道：「饒……命……」

「十二把刀」恣笑道：「那有這等便宜事！」

這鏢師目光收縮，呆了一陣，終於咬緊牙關，揮鞭衝上前去，嘶聲說：「那我就跟你拚了！」

「十二把刀」冷笑，側身讓過一鞭，他就像貓一般，在未殺死耗子之前總要捉弄牠一番。

這鏢師第二度衝過來，「十二把刀」稍一讓身，這次「十二把刀」已看準鏢師的破綻，他對敵人的破綻向來絕不放過。

就在此時，突聽一聲冷哼，彷彿就在左邊。

「十二把刀」心中一凜，彷彿覺得這一刀砍了出去，自己就必死無疑，不禁翻身倒退，舉目一望，左近沒人，只有一個像槍桿直的年輕人，筆直從前面向他走來。

「十二把刀」心裏更驚疑不定，因爲那人尙那麼遠，而哼聲彷彿在自己身旁，這份內力是他所辦不到的。

那鏢師見「十二把刀」退出戰團，倒是一怔，以爲「十二把刀」又捉弄自己，怒嘶一聲，又衝了過來。

突聽那青年冷冷地道：「徐鏢頭，你不要命了嗎？」

徐鏢師一呆，但他確不認識這個年輕人，於是把鞭一收，急道：「小兄弟快走，這人濫殺無辜，決不容你……」

那青年忽然望向「十二把刀」，目光如電，「十二把刀」打了一個突，只見對方腰間有一柄又薄又利的劍，沒有劍鞘。「十二把刀」驀地想起一人，臉色驟然煞白。

只聽那青年冷冷地道：「你就是『十二把刀』？」

「十二把刀」不由自主地點了點頭，那青年道：「我是冷血。」

這四個字一出，那姓徐的鏢師嘴巴張大，說不出一個字來。「十二把刀」目光收縮，發出一聲大吼，一刀向冷血頭頂垂直劈落！

這一刀聲勢非凡，刀至半途，又變成十二刀斜削，根本避無可避。

這一刀是「十二把刀」成名絕技，不到生死關頭，絕不使用。

冷血沒有避。

他突然衝近。

「十二把刀」連一刀都沒有劈下的時候，冷血手中精光一閃，長劍已刺入「十二把刀」的咽喉。

然後他就身退。

站定的時候劍已插回腰間。

這時「十二把刀」的第一刀才砍了下來，一刀之後，跟著又是一刀，一共砍了十二刀，「十二把刀」才脫了力，隨著喉嚨的鮮血汩汩而出倒在地上。

「十二把刀」抵不上一柄無鞘劍。

快劍。

◇◇◇◇◇◇◇

冷血是誰？

他就是冷血。

冷血屬於朝中第一高手諸葛先生的管轄，是武林中「四大名捕」之一，排行第四。

追命不追女人，他追的是別人的命。

尤其是該死的人的命。

現在他已追了三天，敵人曾經買舟出海，翻山越嶺，攢窟入洞，而今進入這山谷中，他還是一路跟了過來。

冷血勝在堅忍、拚命與劍法，追命強的是一雙腿與一口酒及舉世無雙的追蹤術。

沒有人能逃得過他的追蹤。

可是現在被追蹤者忽然不見了。

追命停在山谷中，看著九棵榆樹，幾塊巨岩，站在草地上，忽然覺得，他反而被人追蹤了。

可是追蹤他的不止一人……二……三……四……至少四個人。可是這四個在那裡呢？

就在這時，岩石後、榆樹上突然伸出四枚大鐵球，四面夾擊而來！

追命一下子成了四面受敵，既不能前衝，亦不能後退，也不能向左右閃避，加以鐵球巨勁，追命更不能憑空手硬接！

這一遲疑間，球已擊到！

追命突然睡覺。

他真的是睡下去，平平的睡了下去。

那四椎自他頂上擊空，並且互擊，同時他已滾到岩石後。岩石後兩人收椎，已來不及，他們只來得及看見兩條腿。

那兩條腿忽然變大，已到了眼前，他們避已無及，然後就烏天黑地起來。

因爲追命的足踝正踹在他們的鼻樑上。

樹上的兩人已收了椎。

追命像一頭大鳥掠到樹上。

「颼颼」二聲，兩枚鐵球又急飛而出。

追命人在半空，忽然踢出兩腳。

難道他想用血肉之軀來擋勢不可當的鐵球？

不是。

他這兩腿及時而準確地把繫在球上的鐵鏈踢斷，於是球都無力地落了下來。

追命一張口，噴出一口酒！

酒打入兩棵樹叢間，「必必撲撲」不斷響起。

然後沒有聲音了半晌。跟著有人跌了下來，一棵樹一個人。

這兩個人掉下時，滿臉已被酒打得千瘡百孔。

追命倚在樹下，想想這「衡山四鐵球」倒是抓到了，然而他追蹤的「斷腸刀」薛過呢？

就在這時，他所倚的樹幹忽然裂開，一柄刀立即刺了出來。

追命的背就倚在樹幹上，這一刀不但能斷腸，也能斷魂。

可是追命的腿已踢斷他的腰。

他的刀才伸出，甚麼也沒看見，只看見追命的腿一動，他的後腰脊椎骨便斷裂了。他眼前一黑，倒了下去，那一刀自然也不中了。

他怎麼也不明白，追命在他前面，如何一動腿，便擊中他的後腰。

除非一個人的腿就像門可軟可硬的兵器，可以任意使用。

可是他還沒有聽說過，而且沒有聽說過就看到了，並且捱著了。

他已收了人三千兩銀子，但如果早知道追命的腿這麼厲害，多給他三千兩銀子，他也不願意躲在樹幹裡刺這一刀了。

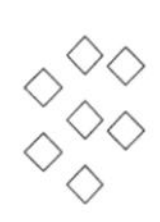

追命是誰？

他就是追命。

追命屬於皇府第一智手諸葛先生的管轄，「武林四大名捕」之一，排行第三。

薛過有一個哥哥叫做薛過人。薛過人的確有過人之能，單憑武功，他已經在他弟弟五倍之上。

何況他還有三門法寶，一條滿身長著毒刺的蛇，一隻百毒不侵卻身兼百毒的手套，一柄斷金碎石的利剪。

他就帶著這三件武器，去找追命，替他弟弟報仇。

以他的性格，當然不會這樣就去。他是晚上飛簷走壁而去的。

他準備先放毒蛇進去咬追命一口，然後用「百毒手套」把他毒倒，再用「碎金剪」把追命的頭顱剪下來。

追命行蹤無定，他不知花了多少精神才打聽到，追命和兩個捕快為了捕緝採花大盜歐玉蝶，今晚會住宿在「黃鶴客棧」。所以薛過人就去了。

半夜三更，他到了「黃鶴客棧」的屋頂上，卻看見一個青年人。

青年人笑笑，問他找誰。

薛過人十分奇怪，夤夜有勁裝人在屋頂奔馳，對方好像是常事一般，比遇到白天路上行人還來得自然。

最奇怪的是這人半夜三更睡在屋頂上，彷彿屋頂不是屋頂，而是床。

不管是不是床，薛過人已經不耐煩了，反正擋路的就該死，他就一拳打過去。

那人就跟他握了握手。

薛過人也看不清楚對方是怎麼出手，只是手一伸出來，就把自己的拳風化解了，還伸過來握了握自己的手。

薛過人心中暗驚，提剪就向伸出來的手夾過去。

利剪剪中了那隻手，「格登」一聲，薛過人心中大喜，卻見那人仍是微笑，自己的剪卻崩了口。

薛過人這次是大驚了，揚手扔出了毒蛇。

由於這條毒蛇渾身倒刺，連他也只敢用戴手套的手才敢扔出去。

那人又一伸手，抓住了毒蛇。

薛過人大爲得意，以爲對方這次要遭殃，誰知對方還是笑著看他。

再者那條毒蛇已經死了。

薛過人此驚非同小可，忙戴上手套，心中暗忖：難道你那雙手是鐵鑄的不成？

薛過人以戴手套的一爪抓出，那人果然一爪反抓過來，薛過人心中大喜，只要對方的手掌一旦抓住自己的手套，毒便侵入掌心，對方的手掌是等於廢了。

誰知對方的手掌未廢，自己的手掌卻發出了一陣「格勒勒」的聲響，五隻手指都被捏斷了。

薛過人嚇得臉都青了，倒不是全因爲疼痛，而是以爲遇見鬼了。

他返身就逃，只聽那人笑道：「我知道你要找誰。」

薛過人不禁停步。那人笑道：「你要找追命，對不對？」

薛過人十分狐疑，那人道：「你就是薛過的哥哥薛過人。」薛過人壯著膽子，問道：「你是什麼人？」

那人笑道：「人家叫我鐵手。」

鐵手是誰？

他就是鐵手。

鐵手隸屬於禁宮第一好手諸葛先生的管轄，名列「武林四大名捕」之一，排行第二。

◇◇◇

歐玉蝶有個外號，叫做「十二隻手」。不僅他對女孩子有十二隻手，連發暗器也有十二隻手一般。

因爲他一出手就是十二件不同的暗器，而且快慢輕重各不同。他本身就是一個使暗器的天才。

可惜他是一個採花大盜，不知多少女子在他的凌辱下羞忿喪生。

而今他逃了三百里的長路，爲的就是要躲避追命的追蹤。

就在鐵手捏碎薛過人的一隻手之同時，他卻在另一面屋脊上遇見一個人。

月華下，這人一身白衣，年約雙十，劍眉星目，溫文中帶殺氣。但是他雙膝以下，全不著力。

歐玉蝶被追了幾百里，因爲他聽說過，「武林四大名捕」，據武林人士依他們的功績而排名，冷血要算第四，追命算爲第三，鐵手列爲第二，而第一卻是叫無情的，連武功也不會的斷腿年輕人。

莫非這人就是？

只見這人正在橫笛而吹，彷彿心無旁騖，歐玉蝶臉色一沉，心忖：不管如何，且試他一試！

突然手一揚，三點星光，分上、中、下三路急打白衣青年！

白衣青年玉笛凌空點了三點，暗器都打入笛管中，白衣青年把玉笛往手心倒了倒，在月華下看了看，蹙了蹙眉，猛抬頭，精光四射，冷然一哼，道：「你就是歐玉蝶？」

歐玉蝶自恃武功甚高，連「十二把刀」都曾拜他爲大哥，見這青年白衣人一出手間已把他成名的「三絕針」收了去，心中不禁暗凜，道：「無情？」

那人緩緩點了點頭，不再說話。

歐玉蝶大喝一聲，雙手一展，十二種暗器飛射而出。

這一手「滿天花雨」，打得有如天羅地網，無情插翼難飛。

無情沒有飛。

就在歐玉蝶的十二種暗器將射未射的刹那間，無情的玉笛裡打出一點寒光。

這一點寒光是適才歐玉蝶打出來三道寒光之一，「颼」地釘在歐玉蝶的雙眉之間的「印堂穴」。

歐玉蝶所打出去的十二道暗器，立時失了勁道，紛紛跌落。

然後歐玉蝶就倒了下去。無論是誰，中了他的「三絕針」任何一枚，便立時斃命，連他自己也不例外。

只聽無情冷冷地道：「追命已有事去見諸葛先生，他沒空料理你，所以由我來給你個了斷。」

他彷彿是在對屍體說話，月色之下，他坐在屋頂上，有一種說不出的落寞與肅殺。

◇◇◇

無情是誰？

他就是無情。

無情乃屬御前第一名宿諸葛先生的管轄，名列「武林四大名捕」之首。排名第一。

◇◇◇

「武林四大名捕」有四個人，是：無情、鐵手、追命、冷血四人。這些名字都是江湖上根據他們辦案風格或武功氣勢而取的，因爲他們名號太響亮了，以致連他們原來的名字也掩蓋過去了。

無情廿二歲，自幼失去雙腿，於是苦練一種不以腿發勁的輕功，化弱點爲優點，唯因體弱不能練武，故潛心練暗器，以巧勁發射，是江湖上第一暗器名家，歐玉蝶遇著他，簡直是等於送死。他心思愼密，出手狠辣，但內心非但不是無情，而且極易動情。

（有關他的故事，我已在《玉手》述及。）

鐵手三十歲，爲人和藹，言笑不拘，十分謙沖，內力渾厚，招式變化極多，一雙手所下的功夫，是任何掌法名家所不及的。此人溫和仁厚，胸懷曠達，又十分機智，曾在十招內敗「九現神龍」戚少商而名動天下。

（有關他的故事，請見《毒手》一書。）

追命的年紀是「四大名捕」中最長的，爲人最爲嬉謔，遊戲江湖，不拘小節。時常穿破鞋爛衫，手中有酒便可。但他嗜酒卻練成一種以酒作暗器的方法。他腿功極好，追蹤術又是無人能出其右，尤以擊斃無敵公子與石幽明二役而名動天下。

（這些事蹟見拙著《血手》。）

冷血年紀最輕，劍術卻最高，他受傷最多，但往往最終仍把敵人擊敗，因爲他敢於拚命，堅忍不拔，更善把握時機，這幾樣獲勝的先決條件，他都有了，怎能不勝？

（有關他的故事，請參閱拙作《兇手》。）

以上都是「四大名捕」的特性。這個故事是記載他們四人同心協力剷除巨敵的故事。

◇◇◇

「諸葛神侯」府第。

諸葛先生本是聖上的第一護衛，大內高手，紫禁城總教頭，十八萬御林軍，無一人敢逆命於諸葛先生。

也就是因爲如此，奸相謀臣才數次暗篡皇位未遂。亦因如此，奸臣叛黨雖收買了皇府不少高手，卻懼於諸葛先生的神威，未敢行事。

可是諸葛先生不止武功高絕，而且達學宏才，可惜皇帝昏庸，只爲求自身安全而任用諸葛先生以作護駕，對諸葛先生善安天下民心的獻策，毫不感興趣。

諸葛先生早無心名立於天下，也不求利祿，但他又並不像一般高士既無見用於朝廷便退隱山林；他是知其不可爲而爲，爲求國泰民安，爲保江山基業，他寧孤守在皇帝身側，待機以進言。

然而這座諸葛先生的府第，既不特殊輝煌，也沒有嚴密的守衛，只有幾個比平常府第都顯得精神煥發的家丁，立於門側。

府內的情形，也是如此，庭院花圃，幽雅清靜，丫鬟家僕，悠然穿梭，看來一點也不像武林府第。

但是黑白二道，武林綠林，絕無一個人能夠做到安然無恙的擅自出入於此地的。包括昔年名震江湖的獨腳大盜「金槍王」公孫子厲，身率黑道十七名高手掩殺諸葛先生，結果十八人中只有公孫子厲斷臂潛逃，其他十七人盡命喪於侯府。雖然那一役中，諸葛先生也受了傷。

包括干祿王叛變，領三千子弟兵攻了進去，結果這三千人也被人像粽子一般被綁了出來，干祿王也被綁送上朝廷定罪。

從此以後，便沒有人敢打「諸葛神侯府」的主意，不管是軍隊將官還是武林中人。

諸葛先生負手站在紅亭中，面對著庭台樓閣，他只是一個清矍飄逸的老人。

而在這時，他聽到背後有人走進來。

這人的腳步很輕，步調一致，速而不急，難得的是這麼能控制自己身體四肢的高手，只是二十歲剛屆的年輕人。

諸葛先生不禁笑了，這是他最得意的一名最年輕的高手：冷血。

冷血堅定的走進來，看見諸葛先生，目中流露敬慕之色，恭敬地叫道：「世叔，我來了。」

諸葛先生笑道：「很好。長途跋涉，定然累了，你坐。」

冷血靜靜地道：「謝坐。」

但人仍筆挺而立。

諸葛先生笑道：「你還是一樣，站著的時候，反而是休息，所以，能站的時候絕不坐。」

冷血的眼裡，也有了笑意，說道：「能走的時候我絕不站，走路是一種更大的歇息。」

諸葛先生睨了他一眼，笑道：「你還是一樣，堅忍不拔，恃者不懈。」

兩人不再言語。

諸葛先生舉目望這座庭院，目光有些倦意闌珊。

冷血目光巡遊四周，目光銳利，半晌，說道：「世叔，大師兄二師兄三師兄今天會到嗎？」

「武林四大名捕」是以入門先後排名，並非輩份、年齡而編排的。冷血入門最晚，只有八年，忝居最末。追命早年已在江湖上成名，十一年前入諸葛先生門下。鐵手入門武功亦甚根底，是十五年前進來的，所以追命居次末，鐵手卻是老二。無情年紀比追命、鐵手都輕，但在十八年前已被諸葛先生撫養，所以是大師兄。要不是他雙足已殘、身體虛弱，只怕已得諸葛先生真傳十之八九了。

諸葛先生笑道：「你大師兄馬上就到，二師兄不一定會來，三師兄已有事出去了。」

「出去了」這三個輕描淡寫的字，冷血卻知道，追命又是奉命出差去辦一件極為棘手的案件去了。

如果不是無法應付的巨案，又怎會驚動「四大名捕」的人出手呢！

諸葛先生剛講完，曲橋後的半月門便出現了一頂轎子，由四名眉清目秀的青年童子抬著，宛若無物，輕步走了進來，轎裡的人說：「拜見世叔，崖餘回來了。」

諸葛先生微笑點了點頭，無情無法下轎拜見，這苦衷他完全能體諒。

冷血喜道：「大師兄。」

轎中人亦叫道：「四師弟。」

一面徐徐打開轎簾。這時轎子已停了下來，四名青衣童子向諸葛先生跪了一跪，左右而立。只見掀簾的是一隻秀美文雅的手，轎中的是一位儒生布巾、白衫長袖的秀麗青年，神色冷峻而肅殺，一見諸葛先生，目光也轉成了敬意。

諸葛先生微笑道：「辛苦你們了。」

無情一笑，道：「歐玉蝶已被我殺了。」

諸葛先生冷哼一聲道：「這採花大盜死有餘辜。」

無情又道：「三師弟在湘西追捕薛過，那傢伙狡猾得很，三師弟追了他幾天。薛過的哥哥薛過人從冀北趕來，二師弟打算在邯鄲道上等他幾天，把他打發掉算了，省三師弟麻煩。所以二師弟最早要在明日才能趕返。」

諸葛先生道：「我急召你們聚集，確有要事。追命在前天已解決了薛過那一樁事回來了，回來時剛好遇上了一件事，趕來向我報告，因事態緊急，他立即去了。這件事我看非要你四人聯手應付不可……既然鐵手今日未能趕返，我先告訴你們也好。」

無情與冷血都暗自吃了一驚，他們四人出道以來，縱有天大的案件，能驚動

「四大名捕」之一，已是非同小可，充其量是兩人同赴，三人同辦的案件已是極少了。四人聯手的案件，只辦過兩宗，這兩宗都是驚天動地的巨案，四人也因這兩件案的解決而被譽爲「天下四大名捕」。而今聽說又有足以驚動他們四人聯手的案件，不禁大感詫異。

諸葛先生沉吟了一會兒，道：「崖餘，你還記得你身世嗎？」

無情一愣，隨而一臉鬱憤，道：「記得。是十八年前一個中秋夜晚，十三個夜行人……」說到這裡，忿恨塡膺，一時說不下去。

原來無情本生長在一世家中，但突然有一晚，十三個黑衣人闖進來，不發一言，姦淫燒殺，全家上下老幼，死亡殆盡。無情被一名黑衣人殘虐雙腿，因那人分身應付其父怒攫，無暇殺他。後來又一名使拐杖的大漢一腳把他踢進草叢，他暈死過去，那群黑衣人也沒發現，放一把火燒了山莊。後來諸葛先生趕至，及時把無情自火海中救出來，因其年幼無依，所以視之如同己出，授之絕藝。無情天資穎悟，可是雙腿已廢，又被那一腿震傷內腑，雖經諸葛先生全力救治，但無法修習內功，武功也因而大打折扣，所幸無情苦修勤習，終於以巧勁及機括發射暗器方面，獨有專長。機關五行，又有心得，更加以手代腿，練成絕世輕功。後來在追殺「四大天魔」之際，發現第二魔「魔頭」薛狐悲便是當年十三夜行人中踢自己一腳的人，因而追逐苦戰，迫其墜崖，旋被窩裡反的「魔仙」姬搖花所殺，這十三名兇手，總算解決一名。（這段故事，詳見《四大名捕會京師》故事之：《玉手》。）

諸葛先生點點頭道：「而今那剩下十二名兇手，也有下落可尋了。」

無情不禁呀了一聲，冷血早想替這身世悲涼的大哥報仇，也不禁為之動容。

諸葛先生道：「這十三名兇手，其中一名已被你在誅滅『四大天魔』一戰中殺死了，可有此事？」

無情一時激動難抑，說不出話。

諸葛先生道：「當你發現這十三名兇手其中一人竟是『四大天魔』中的『魔頭』薛狐悲時，很令我震訝，因為以薛狐悲的武功名望，絕不至會蒙臉作一名狙擊手。如果薛狐悲只是其中之一，那其他一十二人，武功名望，只怕亦不在薛魔頭之下。這倒是令我頗感興趣，究竟這班人集在一起，意欲為何？他們與令尊令堂，是何等深仇？是什麼人把他們糾合起來？其他十二個究竟是什麼人？」

諸葛先生遊目二人，只見無情、冷血二人，都聽得十分專注。諸葛先生道：「因此我調查近三十年來類似的案件，竟發現有七件之多：第一件是廿八年前，保定『烈山神君』一脈師徒一十九人，一夜間被人屠殺得一乾二淨，合應該夜崆峒派掌門廖耿正拜會『烈山神君』，瞥見一十三道黑影，自後門躍出，遂而不見。廖耿正心中驚疑，入內一看，見『烈山神君』師徒的骸首，慘不忍睹……」

諸葛先生頓了一頓，又道：「接下來的一件案件是『無爲派』慘案，發生在廿四年前，一夜之間，『無爲派』九十七個男道女尼，被姦殺於庵中，一名挑水夫曾在山腰看見有一十二、三名黑衣蒙面人，自後山潛上，果然當晚便發生此案件……」

「另一件發生在廿二年前的案子是：『九疑山』的馬君坦學士全家廿四口，也是在一夜間被殺，雖無人目睹兇手有幾人，可是作案的作風、手法，完全一樣。這三件案件以及接下來的四件，都有一個特點，不是死在同一件兵器手中，各人的傷口多半不同，其中一種奇異的傷口，似是用一種叫『鐵蓮花』的兵器造成的，可是目下使用『鐵蓮花』這種兵器的，是少之又少，武功高的，卻是一個也沒有。

可能是某一武林高手的殺手鐧，平時絕少公開使用這門兵器，所以別人無從得知……」

「接下來的一件案子，更是轟動武林。這事發生在二十年前，便是『崆峒派』一脈慘遭狙殺事件，據當時崆峒派不在總壇的弟子稱：『飛天蝙蝠』廖耿正在上烈山那一次已曾見十三名黑衣人與一人說話，不過廖耿正不相信那人會做出這樣的事，所以沒說出來。他準備找那人問個清楚，再替『烈山神君』討個公道，不料卻先遭了毒手。」

「第五件案子便是你家人的慘案。據說你家人在遇害的兩年前才搬到京城，並無人知其來歷，只知道令尊令堂，武功都高，叫做盛鼎天，可是武林中並沒有這樣的一個人啊。你父親使的劍法似是華山武功，掌法兼擅『掌心雷』，令堂武功似是雪山一脈嫡傳，可是，我追查華山、雪山二脈，都不知道你父母乃是何人，所以，我懷疑令尊的名字，只是逃避敵人追殺的一個託名而已……」

「這件案件發生了之後，一時倒是平靜了下來，直到十一年前，『石家堡』石滿唐滿門被滅，唯一的一名生還者因醉酒跌落枯井裡，反而無恙，曾在井中聽石夫人淒厲道：『你們這十三個畜牲！……』便沒了聲息，不管在手法上、證物上，都是與以上五件案子相同，顯然是同樣一班人做的……」

「直到五年前，又一件案子發生了。這次遭殃的是『干祿王』，你們記得『干祿王』吧？」

冷血說道：「記得，干祿王受相爺唆使，企圖先擊毀『諸葛神侯府』，再一舉篡奪聖位，於是，夜起精兵三千，攻入這裡……」

無情道：「可惜世叔早已算到這一著，佈下天羅地網，干祿王等一網成擒，押交刑部尚書大人，可惜這干宗廟重臣，卻官官相護，不久便遊說主上得赦，干祿王倖回京城……」

諸葛先生道：「不錯，他回京不久，便遭劫殺，全府二百九十四人，無一生還。一名更夫見一十三個夜行人，曾在『干祿王府』門前說了幾句話。」

冷血追問道：「是什麼話？」

諸葛先生道：「那時那十三人似已得手，撤離時十分從容，其中一人笑道：『我們聯手做案已經七次，還不知彼此是誰呢？』」

「另一人道：『閣下的陰陽神扇精妙犀利，在下佩服得緊。』」

「又一人卻道：『大人吩咐下來，未到時候，不得互相通話，互報姓名，否則不付分文，不授絕技，並格殺勿論。』」

「其他的人一聽此話似十分畏懼。原先那人道：『既然如此，就不講好了。』」

「又一人冷哼一聲，說道：『有人偷聽！』反手凌空一捏，竟把更夫的喉核捏碎了——」

無情動容道：「這人竟會『三丈凌空指』！」

諸葛先生道：「不錯。有此功力的，武林中並不多。另一人還不肯放過，甩出一柄彎刀，削去了更夫的兩隻手腕，彎刀又飛回那人的手——這時更夫就痛得暈死過去了。」

冷血也動容道：「這是苗疆『回魂追月刀』！」

無情忽然道：「這更夫顯然並非武林中人，受這兩人巨創，豈有命在？」

諸葛先生說道：「問得好。可是，那時我和御醫葉一指，適時趕到了，那更夫尚未斷氣，葉神醫以小還丹延住了他的性命——」

冷血突然道：「就算命暫保住，喉碎了指斷了，說不出話也寫不出字呀！他是如何作供！」

諸葛先生笑道：「問得好精細！恰巧這更夫是三島的化民，自小會腹話，所以依然能說得出來。也許就是這樣，那十三名兇徒以為此人不死也無甚大礙，所以未立時格殺。但這七件案中，唯有這件有明顯線索。」

諸葛先生「噫」了一聲，微歎道：「本來我們除了這件案子外，是什麼線索也沒有。後來崖餘發現這十三人中之一是薛狐悲，使我斷定，這十三人必定都是武林中有頭有面的人，是什麼人有這個力量，使他們聯合在一起做這種事呢？」

「可惜薛狐悲也死於姬搖花手上，線索又告中斷。我苦研這件案子，看來在地點、人物上他們全無關係，但經我一個月的時間把他們的檔案仔細研究，發現了一個很驚人的相同點——」

無情與冷血也不禁異口同聲問道：「是什麼相同點？」

諸葛先生道：「卅二年前，『烈山神君』尚未創派，本是先帝御內大中大夫，官位甚顯，忠心耿耿，後不滿奸相陰謀弄權，返歸烈山，廿八年前遭毒手。」

「二十年前那一樁案子的『飛天蝙蝠』廖耿正亦本爲大內侍衛總參軍，與『烈山神君』相交甚篤，曾匡扶幼主，後不見用，獻身崆峒一派，得掌門之位，殊料也遭滅門之禍。」

「『無爲派』似和朝吏官家並無淵源，但在先帝誅剿叛臣時，『無爲派』屢次傾力相助，居功甚高，太子多在『無爲派』學過藝，雖無大成，也算學了一身本領——可是在廿四年前，『無爲派』也給滅了。」

「廿二年前馬君坦學士，雖非武人，但卻是前任禮部尙書的謀士，也全家慘遭毒手。禮部尙書彭大人是被奸相噬殺的。」

「至於你家人的血案，盛鼎天此人在朝在野，都沒有這個人，但我想起廿七年前，在王相爺手下名重一時的文武二臣，文臣是馬君坦，武將便是成亭出，這成將軍，是華山門人，據說也會使『掌心雷』，其夫人也是武學世家……」

無情聽得臉色慘白，全身抖嗦。

諸葛先生歎了一聲，又道：「你不必過於激動，十一年前，『石家堡』堡主石滿堂當家有先主御賜『尙方寶劍』，嫉惡如仇，曾揚言要斬盡奸臣方得罷休，話傳不久，便遭毒手……」

「最後是干祿王。干祿王雖是丞相得力助手，可是叛變失敗時，干祿王雖得釋歸，但早已被我等監視，千方百計查聽其主謀人，而就在這個節骨眼上，干祿王也上下慘遭毒手，待我趕去時，已遲了一步。」

冷血驚道：「這麼說來，這些案件豈不是與奸臣篡位有關？」

諸葛先生冷笑道：「豈止有關，分明就是他們策動的。朝廷能被重用的忠臣，被藉故殺害，已不計其數；他們還唯恐在野的武林忠義之士會插手，一面製造事端，使武林各派自相殘殺，一面收買高手，殘害忠良之士。這十三名武功高絕的兇手，如非當今朝廷權貴之士，以利以祿誘之，只怕也使不動他們……」

無情十八年來，第一次明瞭自己雙親的死因，但他十八年的捕快訓練，已使他冷靜、理智，當下道：「只怕尙不止利祿，剛才世叔傳更夫之言，有『大人吩咐下來，未到時候，不得互相通話，互報姓名，否則不付分文，不授絕技……』這『不授絕技』四字，只怕除這一十三名兇徒之外，還有一名武功高強的元兇，在主持此事呢！否則以這群奸臣逆子，若論武功，又如何稱得上授他們以武藝。」

諸葛先生嘉許的望了無情一眼，似對他的記憶力與冷靜很欣賞，道：「不錯，而且這元兇之武功，可能還極高，必定是相爺座下一位未曾露面的主要人物。我也覺蹊蹺。但是，這些案子，到最近有了點苗頭……」

「追命在返京師途中，在五臺山附近，聽到有人格鬥之聲，趕近去一看，只聽得及一聲慘呼，另一人匆忙逃逸。追命扶起倒地的人一看，才知道是『毒手狀元』武勝西……」

聽到這兒，無情、冷血二人也不禁吃了一驚，無情道：「武勝西？這『毒手狀元』與『辣手書生』武勝東兄弟二人稱霸關東，怎麼跑到五臺山來了？」

冷血也詫異道：「若論武功，這人只怕未必輸薛狐悲那魔頭多少！是誰有這個能耐把他殺害？」

諸葛先生歎道：「武勝西的『五毒摧魂手』百步遙擊傷人，武林中死在他手中的人已不計其數……，只是他是死在武勝東的手中。」

無情愕然道：「怎麼是他哥哥下的辣手？」

諸葛先生道：「武勝西那時雙肋各中了一『辣手追魂鏢』，垂死的當兒，追命趕到。武勝西勉力說出，殺他者乃武勝東，他們乃一十二人，受人指使上五臺山去幹一件勾當，事情了結後，頭兒命他們卸去蒙面，告訴他們時機成熟了，不妨互相多多攀交，屆時一舉攻殺最後之目標……武氏兄弟這才知道彼此都在這行列之內，他們分手之後，武氏兄弟各知彼此因參與行動，必獲一門絕技，便貪技心切，想暗中交換絕技……這絕技當然就是武勝東的『辣手追魂鏢』法與武勝西的『毒手摧魂掌』法……」

冷血聳然道：「這頭兒端的是厲害，能身兼這二種陰毒的武功，只怕當日薛狐悲的『瘋魔杖法』也是出自他所授的了。」

諸葛先生繼續道：「他們二人決定交換後，便把各人練功的秘訣方法記在冊上，約定該日交換。武勝西是認真把『五毒摧魂掌』的練功方法寫下，一翻武勝東的書，卻是頁頁空白，錯愕而問；武勝東驟爾出手，三鏢打出，武勝西出其不意，閃避不及，中了一鏢。而武勝西也一腳把自己所記的武功秘笈踢落山谷。武氏兄弟因而大打出手，因武勝西已受毒鏢，久戰之下，又著一鏢，這時追命恰已趕到……」

冷血道：「武勝東之『辣手追魂鏢』中者五步斃命，不知何故武勝西連中二鏢，居然還挺得住呢？」

諸葛先生沉吟道：「我想是武勝西所習的『毒手摧魂掌』功，以毒攻毒，反而制住鏢毒，但只能暫時壓制而已，再加久戰，難免要毒發身亡。」

無情道：「追命趕來之際，武勝東並不向三師弟追殺，卻是爲何？」

諸葛先生微笑道：「這倒是很簡單。這貪心忘義的武勝東，正急於翻下山崖尋找『五毒摧魂掌』的練功秘笈，怕讓人拾去，又以爲武勝西已死亡，來人絕走不過他的手心，所以才不急於搏殺。武勝西其時並不知追命會武，只要求追去告訴那頭兒，武勝東私下交換武技，並狙殺自己兄弟的事，頭兒必命其餘十人，爲他報仇——追命便問他頭兒是誰？武勝西正欲道出之際，武勝東拿到了書冊，趕上來了，不由分說，向追命猛下殺手……」

冷血笑道：「那『辣手書生』武勝東武功雖辣手，但要勝三師兄，那恐怕是自尋苦吃。」

諸葛先生道：「不錯。若武氏兄弟聯手，追命只怕勝之不易，可是單就武勝東一個，追命則技高一籌了。武勝東十招一過，便知遇到敵手。五十招一過，武勝東便知勝不了，暗中扣了一枚毒鏢，忽射武勝西，以圖殺之滅口！」

無情冷哼道：「這武勝東好狠毒的心腸！」

諸葛先生道：「做兄長的這樣對弟弟趕盡殺絕，在黑道中也算罕見的了。追命不防正著，武勝西又全力迫毒，無力抵抗，胸膛正中一鏢。追命恨其入骨，又怕武勝西一死，線索斷絕，把握武勝東分心向武勝西下毒的刹那間，飛腿踢斷了武勝東的左手。武勝東負傷奔逃，追命為救武勝西，便不立時追捕……」

無情歎道：「以『追魂鏢』之毒，只怕三師弟這番是白救他了。」

諸葛先生道：「不錯，這一次武勝西真的死了，武勝東卻已遠遁，眼看線索要斷了，追命心生一計，運起內功大聲道：『哈哈，頭兒原來是他！』」

「聲音滾滾的傳了開去，想必武勝東也聽到。只要武勝東也聽到，必恐他洩露此秘密，而『頭兒』必不放過他。唯一的辦法，便是殺他滅口，但只要武勝東來殺他，他便有機會捕捉武勝東了。這是苦肉計。」

冷血欣然道：「三師兄真有急智，就不知武勝東聽到了沒有？」

諸葛先生笑道：「想必是聽到了。可是武勝東也非傻瓜，將信將疑，但仍要誅殺追命滅口，以策安全。是以三日來，武勝東數度暗算追命不遂，但追命也數度捕之不獲。兩人你追我逐，你虞我詐，一直鬥到京城來。追命設法擺脫了他，來這兒稟告一聲，便故意到外面現身去了。這回大概又跟武勝東遇上了，據探子急報，今晨追命在留侯壩上與一人交過手來，看樣子就在附近不遠。」

無情道：「以三師弟的輕功，擺脫別人的追蹤自然十分容易，他有意要別人追蹤他，也有一手，這次武勝東是行家遇著大行家了。」

諸葛先生道：「這十三名兇手現今死了薛狐悲、武勝西二人，尚剩十一人，無不是武功奇高，窮兇極惡之人。追命此番去追捕武勝東，並圖找到另外十人的線索，實十分危險。何況『那頭兒』更是深不可測。這件事又與無情的血海深仇息息相關，所以我要你們這就出京，相助追命。」

冷血道：「看來這十三人的武功絕技來自那『頭兒』，第一樁案件發生在廿八年前，依照估計，他們以做案換得絕技，是三十年前事。世叔何不檢查武林樁案，尋出那一些人在三十年前已練成絕技出道的——」

諸葛先生搖頭打斷道：「這點我和哥舒大人已想到了，但三十年前武林舊事，蒐集談何容易？更難的是練得絕技的人成名也非必在同一時期。……我倒是查得一人，是使用『陰陽神扇』的——」

無情恍然道：「哦，這是『干祿王府』前那更夫聽某人說的武功。」

諸葛先生點頭道：「這人本擅柳絮刀法，但在廿五年前，卻改用扇法，二十年前便成了名，十五年前便贏得『陰陽扇』的外號。」

冷血「哦」了一聲道：「原來是『陰陽扇』歐陽大，這人喜殺好淫，黑白道的人都畏之三分。」

諸葛先生皺眉道：「不過這人僅是猜測而已，一點證據也沒有。……此次追捕，另一主要的目的是阻止他們向『最後目標』下手，因爲我恐怕此事跟皇上的安全有關。這些日子以來，奸臣蠢蠢欲動，我打醒十二分精神留守京城，也費煞了不少精力了。」

無情毅然道：「既然事急，我和四師弟這就出發。」

諸葛先生頷首道：「崖餘，要記住：勿因仇而失去冷靜；你的武功機智，越鎮靜越有效。」

然後又向冷血點點頭道：「冷血，你也要一切小心，不可衝動行事。至於鐵手，一待他回來，我自會通知他協助你們的了。」

◇◇◇

追命在客店中獨自乾著酒，心頭很沉重。這三天來，他和武勝東力拼了五次，都佔盡上風，可惜他是要生擒他而不是擊斃他，因此有兩次，武勝東本是逃不掉的，還是讓他逃了。

可是這一天來，忽然消失了武勝東的蹤影，武勝東究竟在什麼地方？

他可以肯定武勝東就在他左近。他沒被殺，武勝東一定不會就此罷休的。他雖知生擒武勝東並不易，但要擊敗這「辣手書生」卻不難，不知為何這次他卻感心頭沉重。他「骨嘟骨嘟」的把葫蘆往喉嚨裡灌，這時一個長得斯斯文文儒生模樣的人，向他微笑走來。

這人不是武勝東。單瞧他親切的模樣，就沒有人想把他攆走。

這人也沒有走，謙卑的躬著身道：「壯士，我可以坐下來嗎？」

一個衣衫襤褸的人，居然還有人慧眼稱之爲「壯士」，會拒絕對方坐下來的請求才怪呢！

可是追命卻說：「不可以。」

那儒生倒沒料到，怔了一怔，接著又笑道：「有一個人，拿了一件東西給我，叫我交給先生。」

追命沒好氣翻了翻眼道：「有一句話要勸你。」

那儒生笑著打揖道：「什麼話，壯士請賜教。」

追命一字一句地道：「如果你是與武勝東無關的人，最好走遠點；如果你是武勝東那一夥的人，在我面前要花招，只有死。」

那儒生呆了一呆道：「什麼武勝東武勝西的，三爺，我是諸葛先生的舊部啊，你怎麼忘了！先生有東西要我交給你呀。」

追命倒是有些出乎意料，道：「哦？那是什麼東西？」

這儒生小心翼翼地自腋下取出一柄紙傘，笑道：「哪，就是這東西。」

追命伸手去接，有點奇怪地道：「雨傘？」

這儒生笑得十分曖昧，道：「不錯，雨傘！」

追命指尖觸及傘面，忽覺冷硬如鐵，並非紙製，猛地醒悟，這儒生陡地把雨傘一張，追命頓時看見前面一張大傘，直撞過來。

傘尖是一柄利刃！

追命欲身退，但座下的板凳卻擋住了他的後路。

追命怒叱，人仍端坐，雙腿一挑，一張偌大桌面已被挑起，傘尖就扎在桌面上！傘尖利刃嵌入桌面內，一時拔不出來，追命立時把握機會，正欲反攻！後面忽然掌風大作，追命前無去路，大喝一聲，向右就翻！

只聽「喀喀」一聲，瓦碎而裂，又一人由天而降，半空中已打出三鏢！

追命一翻未起，半空已翻了三個觔斗，避過這致命的三鏢，人未落地，忽然感覺左右兩邊都有急風襲來！

左邊是鐵傘，右邊是鐵掌。

追命避無可避，腳在半空，連環翻飛，左右踢出。他的雙腿才踢出，颼颼又飛來一鏢，向準他的雙腳射來。

追命暗道要糟，忙一收腿，雙手硬扣住鐵傘，後心已硬吃了一掌！

追命借這一掌之力，張口一吐，「哇」地一聲，連血帶酒，噴得那使傘的儒生一臉都是。

儒生雙目一時睜不開來，手中武器又被扣住，後退不得，追命一膝頂了過去！

這儒生武功亦高，目雖暫不能視，卻仍耳聽八方，也屈膝一架！

「喀勒」一聲，這儒生的一條腿骨被撞得脫了膝臼！

追命的腿簡直是鐵腿！

這時背後風聲又起，第三掌又至。

追命一個翻身旋了開去，但三枚藍汪汪的金鏢迎面射到。

追命左右腿及時踢出，各踢飛一鏢，一口咬住一鏢，尚未吐出，對方已欺近，闖入中門，點向他的「膻中穴」。

追命立時軟倒了下去。

然後他就聽到武勝東桀桀的笑聲。

那自屋頂上碎瓦躍下，三度用金鏢射他的人，正是一隻手已被他踢斷了骨頭的「辣手書生」武勝東。

武勝東站在他面前，狂妄而笑：「追命，你我的追逐，到今天，算是可以了結了吧？」

追命歎了一口氣道：「如果我知道你請得動『佛口蛇心、鐵傘秀才』，我就不讓你五度超生了。」

武勝東狂笑道：「還有打你一掌的『大手印』關老爺子呢！」

追命勉力抬目一望，只見一個短小精悍的老者，雙袖高捲，一臉懔戾之氣，正是第一次自後方，第二次在右方、第三次也在後方掌攻擊他的人。

追命倒抽了一口氣，難怪那一掌那麼難熬，山東「大手印金剛」關海明關老爺子的掌，武林中是沒有人不頭痛的。

況且還有武林中出名的「佛口蛇心」，與「毒手狀元」、「辣手書生」齊名的

「鐵傘秀才」張虛傲，加上武勝東，三人全力突擊，追命自己倒覺得栽得不冤。

關海明厲聲道：「果然不愧爲『武林四大名捕』！捱老頭子一掌，居然還挺得住！三人夾擊下，還可以傷了張老弟！佩服！佩服！」

追命沒精打采的笑道：「傷得了張秀才又怎樣，現在還不是橫著趴下來。」

武勝東冷笑道：「待會兒我要用分筋錯穴手法讓你嚐嚐，那時你若還笑得出來，我才佩服。」

追命慘笑一聲，說道：「我還有一事要問。」

關海明關老爺子道：「你問吧。」

追命道：「那麼說，關老爺子和張秀才也是當年十三兇徒之一了？」

二　受制求反制

關海明臉色陰沉，道：「你要知道這些，那就連一絲活著的機會也沒有了。」

武勝東道：「反正你將要死了，告訴你也無妨。關老爺子、張秀才，咱們兄弟都是十三兇手之一。」

「鐵傘秀才」倚著桌邊喘息著道：「既然你還要問，那不是你還不知道此事。看來武老二並未出賣我們！」

追命聽此話有蹊蹺，立時道：「我是不知。我在五臺山下見武勝東暗殺其弟，才插手此事，追捕他的。」

「鐵傘秀才」張虛傲「哦」了一聲，目光轉向武勝東，喃喃地道：「是你殺了武老二麼？你倒是說武老二向追命出賣我們，你爲此已替我們殺了武老二，現在就只剩下一個追命知這秘密。」

關海明瞪視武勝東，一字一句道：「有沒有這樣的事？」

武勝東笑得十分不自然，道：「關老爺子，難道你信外人不信自己人麼？」

關海明一看，心中已明白幾分，當下道：「你要我們保守秘密，不要告訴頭兒知道，免得頭兒知曉你有此逆弟，遷怒於你，並以武老二的『毒手摧魂掌』的練功法門交換，原來，其中還有這樣子的內情。」

武勝東囁嚅道：「關老爺子，你萬勿……萬勿聽信此人死到臨頭，挑撥離間！」

關海明「哦」了一聲，張虛傲卻道：「三捕頭，你說，武老大殺武老二，為的又是什麼呢？」

追命即把在五臺山下所見之事實，全盤托出。

武勝東數度想阻止，關海明卻瞪著他，武勝東只好罷休。

武勝東自己心裡明白，以武功來論，三人武功相差不遠，要是自己一手未傷的話，三百招後，可險勝「鐵傘秀才」張虛傲，但三百招內，卻要敗給「大手印金剛」關海明。

追命一說完，武勝東便叫道：「那有這等事！你們勿聽他誣賴。」

張虛傲從頭到腳打量了武勝東一陣，道：「那你是利用我和關老爺子殺追命，那本『五毒摧魂掌』練法要義，你也是敷衍咱們了？」

「辣手書生」武勝東強笑道：「怎麼會呢？你別聽這人胡說。」一面掏出一冊薄書，道：「這『五毒摧魂掌』的練法，小弟馬上就獻給你倆。」

「鐵傘秀才」張虛傲冷笑道：「我們也不至貪圖你這點旁門末技，但你殺弟奪書，卻破壞了我們行動人手，這件事，我這做兄弟的可不能不上稟頭兒了。」

武勝東聽得心中發毛，想到頭兒武功之高、手段之狠，暗把心一橫，道：「難道你們不殺這個六扇門吃飯的傢伙嗎？」

「鐵傘秀才」張虛傲一哂，「當然殺，否則怎要他守秘，再說，爲了他給我膝脛之間的一腿，不殺也得殺。」

武勝東似十分感激，用右手把「五毒摧魂掌」秘訣遞上，道：「你追殺追命，就等於替我報了這斷臂之仇；不管你們告不告訴頭兒，我都願意把這毒掌秘訣獻上，以表謝意。」

關海明伸手就接，冷笑道：「算你識趣！反正這功夫法門又不是你的，給我們綀綀也不礙事。」

武勝東冷笑道：「不礙事的，不礙事的。」

關海明觸及秘冊，忽見秘冊一揚，迎面蓋來。

關海明頓失武勝東所在，怒吼一聲，雙掌夾住秘冊，猛見二道精光，已向自己左右脅射至！

關海明竟對那兩鏢，看也不看，欺身而上。

眼看鏢就要射中關海明時，忽然中間橫飛來一傘，恰巧撞落雙鏢。

武勝東大驚，退已不及，關海明一掌印在他胸膛上，又飄然退開。

武勝東倒撞在柱樑上，塵埃激揚，武勝東撫胸喘息，關海明又閃電般欺上，一掌已抵在武勝東的天靈蓋，哈哈笑道：「憑你這兩下子，也想暗算我？」

張虛傲因腿受傷，擲出的傘也不取回，笑道：「你那個死鬼弟弟就這樣死在你手下，既然前車可鑑，怎會不防？」

「辣手書生」武勝東喘息道：「放……饒我……一命……」

關海明大笑道：「殺你倒是不會。我們會抓你到頭兒處，他自會處置你，我們也有賞。」

武勝東打了一個寒噤，張虛傲道：「可笑啊可笑！你若正面與我們一戰，只怕百招內未必能取下你，偏偏你要使詐，但計謀又給我們算定了，你反而不及應變，吃了關老爺子一掌，哈哈哈……」

武勝東低頭看見自己前胸衣服炙爛，胸膛有一個赤色的掌印，自己雖已借力後退，但受傷依然十分嚴重，當下重咳了幾聲，咯了一口血，喘息道：「兩位……厲害……小弟……甘拜下……風……」一面用手去托開關海明壓在他天靈蓋上的手掌道：「請關老爺子高抬貴手，我已受傷，絕不是你們對手，怎跑得了呢？」

關海明也不縮手，因他深知武勝東鬼計多端，鏢快而毒，但手上功夫，卻不甚出色。而武勝東的手又並非搭向自己脈門，就是對方突然變招，關海明自恃藝高膽大，必接得下來。

不料武勝東一搭上自己的手，關海明就陡然臉色大變，只覺一陣麻癢上侵，急欲縮手，但手臂發麻，竟不聽喚，武勝東已按上了他的脈門！

關海明一看，只見武勝東右手變成黑色，自己的手臂，卻隱透青意，心中又驚又怒，只聽「鐵傘秀才」張虛傲叫道：「老爺子，他掌中有毒，快躲！」

原來武勝東自從殺武勝西奪得毒掌練功法門後，一面與追命纏戰，一面有機會就苦練，幾天已有小成，雖不能隔空出掌傷人，卻能使毒佈於手再在觸貼時迫入敵人體內去。

張虛傲並不知情，其實關海明不是不躲，而是毒氣侵入，掙脫不得。

關海明又驚又怒，驚的是毒已攻入體內，怒的是一時大意為武勝東毒掌所乘，一面運內功護住心脈，反手一掌，向武勝東拍出。

武勝東忽然鬆手，避過一掌，一甩手，打出三鏢，直取關海明的上、中、下三路。

張虛傲見勢不妙，雙掌往地上一按，人如巨鳥，已拾得鐵傘，一傘向武勝東背門刺了出去。

關海明一迫開武勝東，就見三道精光，上下一封，已抄住兩鏢，正欲閃避，不料真力一展，元氣便散，毒氣直攻入心臟，一陣天旋地轉，同時間，鏢已打入了心窩！

關海明仰天一聲大叫，蓄畢生餘力，一掌打出。

武勝東三鏢射出，忽覺背後傘風陡起，猛向前一衝，恰好迎上關海明那瀕死一擊，「砰」的一聲，武勝東整個人飛上半天高，掉下來時砸碎了一張桌子，然後他扶著散碎的胸肋，巍巍地站了起來，倚著柱樑，五官都滲出汩汩的血。

這時關海明已毒發身亡。

武勝東搖擺了一陣，盯著追命，恨聲道：「你……你……」終於說不出後面的話，便趴了下去，永遠再也起不來了。

這「辣手書生」武勝東暗算了「毒手狀元」武勝西，又計殺了「大手印金剛」關海明老爺子，終於還是難逃一死，死在關老爺子瀕死全力一擊下。

追命喃喃地道：「這是你自己找死，怨不得我。」

「鐵傘秀才」張虛傲心有餘悸，看了看武勝東的屍首，向追命冷冷道：「他們兩人雖然死了，但還有我向你追回兩條人命。」

追命笑道：「若論一對一，你恐怕非我之敵呢！」

張虛傲道：「可惜你穴道被武勝東所封，無法動彈，而我動一動指頭就能殺你。」

追命閉上眼睛歎道：「看來我只好認命了。」說到「命」字，整個人像一支箭般射了出去，快、疾、準，攻其無備，左腿踢咽喉，右腿踢鼠蹊。

張虛傲大驚，鐵傘一開，架住來勢，不料追命雙腿一曲，迂迴踢中張虛傲雙手！

傘飛脫，追命左手已扣住張虛傲咽喉，右手扣住張虛傲脈門。

張虛傲臉色慘青，道：「你……」

追命笑道：「以一對三，我自認不是你們對手，既已中關老爺子一掌，但我也傷了你一腿，算是夠本，是以假裝被武勝東點中穴道，且等你們互相拚殺，我再來收拾殘局，自然是有利多了。另一方面，若我不用這個方法，生擒你也很難。」

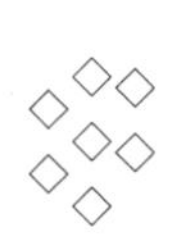

這時外面響起一陣隱隱的雷聲。

在這客棧裡的一場打鬥，早把店中的客人、店夥嚇得不知躲到那裡去了。

外面暴風雨前的急風襲入，吹得店內的兩三盞油燈閃動不已。

追命也覺得有一股寒意襲人。他覺得應馬上問出這些兇徒的首領是誰一事，因爲，他自己已然負傷，也無絕大把握能押此人回去。

十三名兇手中，「魔頭」薛狐悲已然死了，「毒手狀元」武勝西死了，「辣手書生」武勝東與關老爺子也死了，兇手只剩下九人。

這九人除了「鐵傘秀才」張虛傲外，另外八個是誰呢？

這唯有從張虛傲身上追問出來了。

追命冷聲地追問道：「誰是你們的頭兒？」

張虛傲舉目望了上去，只見追命的雙目冷似春冰，又似不見底的古井，深邃得令他打了一個顫。

追命再問：「你還是說的好。」

張虛傲又打了一個突，正想說話，忽然外面「轟隆」一聲，打了一個響雷。燭火急搖，雷光刹那間照得店內一片慘白。

店內的夥計等，依然沒有出現過。

追命皺皺眉道：「我喊三聲，你不說，別怪我不客氣了。」

張虛傲苦笑了一下。追命冷冷地道：「一。」外面又打了一個雷。

天烏地暗，山雨欲來風滿樓。

三盞油燈中有一盞已被吹熄。

追命冷冷地道：「二。」風吹雲動，一切事物，似對他起不了分毫作用。

張虛傲冷汗涔涔而下。

追命道：「三。」

張虛傲開大了口，艱澀地道：「我，我說……」

突然窗櫺「格」的一聲輕響。

聲一響起，追命已回首！

窗櫺碎裂，一道強烈的白光，閃電般旋劈向追命的咽喉。

光芒厲烈，追命百忙中扯住張虛傲急掠而起！

白芒旋劈不中，「颼」地拐了一彎，飛回原來的窗櫺，沒入窗外的黑暗中。

追命扣制著張虛傲落地，發覺鞋底已被削去了一小片，真是間不容髮的一擊。

這時外面的天地又來一記閃電，雷鳴大響，追命冷汗涔涔而下，只聽外面有人冷冷地道：「出來。」

追命反手封了張虛傲「氣海穴」，又不放心，再戳了他的「軟麻穴」，大步走出店外。

追命一出店外，只見地上倒了七、八個人，正是這店子裡的客人、掌櫃和夥計。這些人倒在泥地上，每個人的致命傷都是咽喉，似被一種彎而利的快刀，削得只剩下一層皮連著，連聲也沒吭便死去的。

天地漆黑，偶而一陣閃電，只見滿天烏雲，這大地似隨時會給勁風吹塌！閃電掠起的同時，只見一人就在前面十步之外，斗笠，簑衣，看不清楚臉目，站在那兒像一座黑色的山，腰間有一柄亮閃的彎刀。

一種中原人士所沒有的彎刀。

彎刀上有血，鮮紅的血花。

追命忽然記起諸葛先生提供給他的要點：「千祿王府」門前那更夫的十指是被「回魂追月刀」所削的。

追命目光收縮，冷冷地道：「來自苗疆？」

那人點點頭，沒有說話，天地間又一記雷響，雨仍沒有下。悶雷像戰鼓一般滾滾地一連串的響了過去。

追命的腳步不丁不八，道：「是『七澤死神』霍桐，還是『刀不見血』崔雷，抑是『一刀千里』莫三給給，或是『無刀叟』冷柳平？」

那人不作響，良久才道：「殺你者，莫三給給。」

追命深知若問此人是誰，必無答案，故一口氣列出他所懷疑的苗疆四大使刀高手的名字，凡是高手，必不能容忍自己的絕招被誤落別人名下，難免會道出自己是誰。

知道是莫三給給，追命心中更打了一個突，上面四個人當中，除「無刀叟」冷柳平外，就要算這「一刀千里」武功最詭不可測了。

追命忽然笑道：「你殺了這些人？」

莫三給給沒有吭聲。

追命道：「我是捕快。」

又一個雷聲，只聽山雨在遠處喧嘩而近，莫三給給的聲音沒有一點變化，平板而冷澀，「到這時候，你還想抓我？」

追命點頭道：「殺人償命，抓你正法。」

莫三給給一字一句地道：「那你就死。」

話一說完，腰中刀忽然「颼」地旋斬凌空劈至。

追命暴喝，欲用手格，刀似有靈性，半途轉斬追命後腦。

追命猛一伏身，刀鋒擦髮而過，又回到莫三給給手中。

黑暗中，那柄刀亮得像一團火！

追命知不能等對方再出擊，他像一頭怒豹般撲了過去。

他才撲到半途，刀光又自莫三給給手中掠出。

勢不可擋！

追命怒喝，翻腿就踢，居然踢中刀柄，刀向天沖，連兜三轉，竟「颼」地又向追命咽喉割來。

這簡直是柄要命的刀！

追命只有急退！

「颼」，刀又收回莫三給給手裡。

傾盆大雨而下，周遭都織成一幅水網。

莫三給給仍在追命十步開外。

追命衝不過去，便就只有捱打份兒。

追命只覺得手心發冷。

在適才莫三給給一收刀的時候，他本來可以再衝，這是對方一擊不著，精神稍懈之際！

他一向都能把握這種時候。

但他正想再衝，胸臆卻一陣痛楚，使他精氣稍散。

這要命的痛楚，乃來自關老爺的那一記「大手印」。

他在千鈞一髮略一偏身，讓過武勝東那一戳「膻中穴」，但關海明那一掌卻著著實實擊在他背上。

他也就是爲了受傷後不宜久戰，所以才計擒張虛傲的。

他忽然有一個很奇怪的念頭，要是無情在就好了，這要命的鬼刀，只怕唯有無情的渾身暗器才制得住它。

就在這時，又是一記電光！

電光一亮，天地一亮，莫三給給手中的刀也是一亮。

簡直亮極了，追命什麼也看不見，也聽不到刀聲，因爲雨實在太大了。

可是追命肯定對方已經出了刀。

追命全身拔起，腰際一陣熱辣。

電光已過，追命目中仍一片雪亮，但已可以看清事物。

刀又回到莫三給給手中。

追命覺得腰間一陣刺痛。追命半空身形一挫，轉投向店內。

他絕不能逗留在外面與莫三給給交手，他絕不能再等下一道閃電，因爲他本能肯定下一道閃電時他躲不過那根本連看也看不見的要命的刀！

如果他不受傷在先，還可以一拚，而今受傷了，拚也只有死！

他必須要用智取，而不是力敵。

他投入店內，店內三盞油燈，只剩一盞。

雨潑打入店內，他藉燭光一看，腰間衣服染紅了一片。

就在這時，「颼」地一聲，刀自門外絞入！

追命身形一沉，伏在一面大桌之後，木桌被一刀旋絞成七、八片，刀勢也盡，倒飛入門外的黑暗中。

店內障礙物多，那柄要命的刀想要他的命，可不容易。

屋外的人也停了停，追命看著那粉碎的桌面，和那扇敞開的門，心中忽然一動。

這時刀光一亮，刀又飛劈追來。

追命往柱後一閃。

不料刀卻中途飛向張虛傲，刀柄「地」地、準確地撞開了張虛傲的「氣海穴」。

追命大驚，旋又鎮定下來，因爲張虛傲被封的還有「軟麻穴」。

刀又飛入！追命絕不讓刀再撞開張虛傲的「軟麻穴」。

不料刀卻是直劈追命，追命往柱後一閃，「喀勒」一聲，柱樑被削斷。

追命大驚，閃入另一個柱子後，刀再旋近，「颼」地又劈斷這根柱子，飛回屋外的黑暗中。

刀勢竟連斷二柱，尚有能力飛回，其淩厲可想而知。

莫三給給果然不愧被譽爲「苗疆第一殺手」，這柄刀雖不能真的千里殺人，但卻可以百步奪命，無處可遁。

可是追命肯定若論手上功夫，對方絕勝不了他，若論腿上功夫，莫三給給則遠不如他。

只是他衝不過去。

「颼」！這要命的刀又飛了進來。

追命立時躍到另一柱後，「霍」地這柱椿又給斬斷。

追命忽然驚覺，這店子的四根主要柱子，已斷其三，這店子已搖搖欲墜。

要是這第四根大柱也告斷裂，店子塌下，自己豈不更是危險！

說時遲，那時快，那彎刀竟自動旋砍第四根大柱。

追命驟然向門外衝去。

門外的莫三給給的刀已入店內，手中正無刀，正是反擊的絕好時機。

但是，唉，這柄鬼刀像有靈性一般，突自半空一迴，追斬追命背後！

追命卻早已計算到這一著，突一蹲身，避過一刀，左右腳貼地掃出，竟把那扇門掃得關上！

這一刀不中，本必自門內飛出，但門突掩上，刀畢竟不是人，中間引接的力道中斷，刀不會轉向，便直嵌入木門之中！

刀一入木門，門木即被絞碎！

莫三給給大驚，凌空接引，刀力破門而出。

這真是一柄無堅不摧的刀！

這真是一套無懈可擊的馭刀之術！

可是刀在門上阻了一阻，追命已破窗閃出。

電光一閃，莫三給給刀未回手，臉上有驚惶之色。

刀已轉回，可是追命人已先到。

追命雙腿左右迴踢莫三給給左右太陽穴。

這一下絕妙的時機，莫三給給錯愕之下，絕對接不下這拚命的兩腳。

追命決定踢死莫三給給後，再來應付那後面的刀。

一切都十拿九穩了。

可是追命還是少算了一步。

急風陡起，一柄鐵傘，半空一張，架住兩腿。

追命這兩腿，把這柄精鋼打的鐵傘，都踢下兩個大窟窿！

可是腳不是踢中莫三給給！

莫三給給手一引，追命腳自傘中抽出，猛地一閃，「赫」地一聲，只覺得右手胛骨一緊，彎刀已嵌入背後右胛骨之中。

這一下痛入心脾，追命腳下一個踉蹌，只覺彎刀意欲旋出，追命忙運起內功真力，竟硬生生把彎刀夾嵌入骨肉之中。

這一下刀雖入體，但不致翻體而出，以至血肉翻飛！

可是，這一下巨創，使追命無法再支持。

追命負了重傷，但，莫三給給也失了刀。

追命跌撞了幾步，正欲潛逃，莫三給給已攔住前路，慢慢解下竹笠，電光一閃，只見此人雙目紅絲密佈，臉容兇悍殘忍，手中竹笠的圓邊，有閃閃利刃。

追命向後退，猛聽一聲冷笑，張虛傲跛著一隻腳，用鐵傘撐著，陰狠的望著他。

追命心中一陣冷，澀聲道：「我真後悔剛才爲何不先把你另一條腿也毀了。」

他剛才給莫三給給那兩腿，眼看就要成功，但卻料不到半途殺出個程咬金，以致身受重傷。

雖然那柄彎刀因斷柱、破門後勁道不足，致給追命真力迫在胛裡，使莫三給給暫時失刀，可是他的傷已令他失了大部份戰鬥能力。

他後悔自己的大意，莫三給給用刀柄撞開張虛傲的「氣海穴」，張虛傲的內力，定可以把真氣透過「氣海穴」，衝破「軟麻穴」，封穴乃解。

而張虛傲偏偏在這個時候衝破穴道，給自己一個致命的截擊！

「鐵傘秀才」張虛傲陰笑地道：「你撞跛我一條腿，踢穿我的鐵傘，這些賬總該一齊算上了吧？」

莫三給給把弄著手上的竹笠，一步一步走近來道：「刀給我。」

追命苦笑，以他現在的體力，要戰勝負傷的張虛傲已是難上難，何況還有莫三給給。

追命慘笑道：「好，我給你。」

一躬背，反手拔刀，刀作金虹，向莫三給給擲出。

刀一拔出，血亦湧出，追命猛向店內投去。

那一刀直擲給莫三給給，莫三給給本可輕易避過，再截殺追命，但是這柄刀是莫三給給珍若性命的東西，自不肯輕棄，所以張手而接。

這一接，便讓追命衝了過去。

莫三給給心中打算，先接住彎刀，再追殺追命亦未遲。

追命一逃，張虛傲恨之入骨，怎讓他逃？傘作短棍，攔腰急掃！

追命早有預備，一揚手，腰間的葫蘆就飛了過去。

張虛傲用傘一格，追命已撲入店中，張虛傲用傘尖一撐，亦投入店中。

張虛傲一投入店中，卻見追命一腳往一根柱子踢去。

張虛傲一呆，不明所以，忽聽轟隆一聲，天崩地裂，整座店都塌了下來。

張虛傲這才明白，急欲退出，但受傷的腳一絆，摔倒於地，屋瓦、木樑等都打在他的身上。

再說這邊的莫三給給接得彎刀，想衝入店內搏殺，但轉念一想，自己彎刀不適合在淺窄的地方使用，追命又詭計多端，不禁略一遲疑，在這片刻間，店子已倒塌了下來。

莫三給給立時注意力集中在這灰飛湮滅中的事物，只見一大堆破木殘磚中，有一樣東西蠕蠕站起。

莫三給給心中冷哼，當下不動聲色，手一揮，彎刀「颼」地掠了過去！

刀劈入那事物，只聽一聲慘呼，莫三給給心中一凜，張手一接，把彎刀接了回來，走過去一看，只見痛得在地上打滾的是張虛傲。

只聽「鐵傘秀才」張虛傲慘呼道：「你傷了我了！你傷了我了！」

原來店子塌下，張虛傲不及逃出，但他竟也是人急生智，把鐵傘一張，人縮在其中，石磚等都打不到他身上，倒是碎鐔濺射了幾片，甚痛，但仍集中注意力在追命身上。

他發現追命在店未塌之前已從另一窗戶投去，心中大急，掙扎欲起。

不料忽見白芒，百忙中鐵傘一張，彎刀劈不進去，無奈鐵傘先前被追命踢穿兩個大洞，彎刀尖伸了進來，毀了他右眼珠子，痛得他死去活來。

莫三給給見失手誤傷張虛傲，心中也十分歉疚，但他天性涼薄，心想：誰叫你瑟縮在那兒，又技不如人？當下只問道：「追命在那裡？」

張虛傲在痛楚中指了指，嚷道：「快替我止血，替我止血。」

莫三給給冷笑道：「這是你自己的事！」身形一閃，急急追趕追命而去！心中暗忖：風雨漫天，追命負傷奇重，不信他逃得上天，要是背負跛腿的張虛傲一齊走，只有累事。

大雨滂沱，「鐵傘秀才」張虛傲逕自在地上呻吟。追命負傷而逃，莫三給給全力追殺。

◇◇◇

巨雨把世界交織成一張吵雜的白網。追命才停了一停，便看見他腳下的雨水是紅色的。

他出道這麼多年，每次只有他追別人的命，這次卻是別人追他的命。

他知道自己不能長久在雨中奔跑了，這方圓五里之內，殊少屋宇，他又不能逗留在平常人家，因爲怕殃及池魚，同遭毒手。

附近只有一處武林世家，叫做「西門山莊」，老莊主西門重被人用內家重手法擊斃後，西門公子獨當一面，行事於正邪之間，一雙金鉤，倒也稱絕江湖，追命決赴「西門山莊」。

他逃到「西門山莊」的門前，雨勢已經小了，但他感覺得出，敵人的追蹤也很近了。

若以他平時的輕功，才不怕莫三給給追蹤，可是他兩處刀傷一處掌傷，使他的武功大打折扣。

他用力敲著鐵門，心中慶幸雨水沖走了血漬。

西門公子縱再孤僻，衝著武林同道及諸葛先生的俠名，也不至以不維護他的。

良久有人掌燈出來開門，一個家丁撐著傘，提燈邊照邊問：「是什麼人，半夜三更……」一猛照見追命一身都是血，一時說不出話來。

追命自懷中摸出一粒藥丸，吞服下去，掙扎道：「你們去告訴你家少莊主，說是京城諸葛先生的弟子叨擾了。」

一名家丁一聽「諸葛先生」的來人，立即返身奔了進去通報，另一名扶攙著追命，邊關切地道：「你傷得要緊嗎？」

追命暗運真氣，苦笑道：「不礙事，可有刀創藥？拿一些來便好。」

不一會剛才那名家丁和一名錦衣公子奔了出來，只見那名錦衣公子並不打傘，可是雨水都自四周散開，點滴打不濕他的衣服，顯然內力極高。

追命勉力道：「西門公子？」

錦衣人扶著他道：「閣下是誰？」

追命慘笑道：「諸葛先生三弟子，追命。」

西門公子一震，疾道：「阿壽，你去拿刀傷藥和乾淨的布。阿福，闢梅廂，迎客！」

追命打量這所謂「梅廂」的石室，只見三面都是石牆，一面是門，門敞開，西門公子滿臉笑容的站在那裡。

追命望望自己包紮好了的傷口，喟道：「西門公子，多謝你仗義援手。」

西門公子笑道：「這是什麼援手呢？若追命兄不嫌我不自量力，倒請相告乃被何人所傷，在下的雙鉤定不放過。」

追命苦笑道：「與人格鬥，不幸受傷，那也罷了，無謂牽累公子。」

西門公子忽然道：「我見兄台的傷，似被刀所創，恐怕還是苗疆的彎刀或雲南緬刀；後心又有黑掌印，看來是山東『大手印』，不知然否？」

追命淡淡一笑道：「公子好眼力。」心中暗自驚佩。

這時阿壽忽然走進來，向西門公子耳邊說了幾句話，西門公子臉色變了變，微微一笑，道：「今日真是稀奇，居然又有客來訪。」

追命心念一動，道：「公子……」

西門公子搖手笑道：「不用說了，如來人是要找尋兄台蹤跡，我自有方法推說不知。」

追命道：「一切偏勞西門兄了。」

西門公子笑道：「那裡。這我還承擔得來。」說著退了出去。

追命閉目療傷了一會兒，胸中疼痛略減，兩處刀傷，也止了血，腰間那一割只傷了皮，而肩胛的一刀，卻連移動都劇痛不已。

過一陣，西門公子又笑態可掬的走了進來，「來人兇神惡煞，但已給我打發走了。」

追命心中放下一塊大石，道：「多謝西門兄袒護。」

西門公子笑道：「三爺連中一掌兩刀，尚能逃到敝莊，只不過個把時辰不到，氣色便好轉得多，真不容易呀。」

追命淡淡一笑，也沒說話。

這時阿福拿了件衣服，走在追命後面，道：「大爺，換過這件衣服好不？以免著涼。」

追命轉過身去，笑道：「不必了，我這身衣服倒是穿慣了。」

阿福堅持道：「可是，它已經濕透了呀。」

追命正想穿上，忽見阿福的樣子很詭怪，不禁多望幾眼，猛見阿福雙眸之中，自己身影的背後，西門公子正拿起金光閃閃的雙鉤，貼至自己的背後。

雙鉤一閃，倒掛而下！

追命百忙中一轉，揪住阿福，往自己身後一甩，向前衝出幾步，但創口一陣疼痛，不禁扶倚在牆上。

西門公子的雙鉤，眼看一出必殺，現下收勢不及，正戳在阿福胸上。

阿福慘叫一聲，仆倒下去。

追命因體弱而無法反擊，喘息道：「你……你……」

西門公子一擊不中，歎道：「果然機警！難怪關老爺子、武老大、張秀才聯手還對付不了你一個！」

追命已恢復了鎮定，冷笑道：「你也是十三元兇的其中一個？」

西門公子笑道：「我負責南面聯絡，除薛魔頭外，關老爺子、苗疆老莫、張秀才、武氏兄弟，都是由我聯繫的。」

追命道：「好……好……」

西門公子道：「不如我介紹一個更好的老朋友給你。」他的話剛完，只見一個幽靈般的人，戴著竹笠走了進來，追命的心登時冷了大半截。

這人簑衣竹笠，腰插彎刀，正是莫三給給。

西門公子道：「剛才的稀客，到處找你，我說不必了，他正在我石室之中，於是他要來看看你。」

追命倚牆，長歎一聲，道：「看來我是投錯了地方！」

西門公子大笑道：「南，西門莊，北，歐陽谷，豈容人出入自如！」

忽然阿壽匆匆進來，在西門公子耳邊說了幾句話，西門公子臉色一變，向莫三給給道：「張秀才也回來了，你說他死了？」

莫三給給冷笑一聲，道：「他自己走回來？」

阿壽恭聲道：「有兩個青年人送他回來。」

莫三給給冷笑道：「哼。」

西門公子寒聲道：「張秀才回來最好，傳他進來這兒，手刃傷他的人。另外那兩個多事者，你把他們殺了。」

阿壽應聲道：「是。」跟著走了出去。

西門公子轉向追命道：「看來你的老朋友又多來一個了。」

追命苦笑道：「一個老朋友已經夠多了，人生難得一二個知己，沒想到今晚竟到了三個。」

西門公子笑道：「據說『武林四大名捕』機智絕倫，而今看來，就算你是諸葛先生，要走也不容易了。」

追命笑道：「這叫誤投黑店，怨不得人。」

西門公子大笑道：「過了今晚，『武林四大名捕』可只剩下三大了。」

莫三給給冷哼道：「三大？也不長久了。」

這時西門公子背後又出現一人，搖搖晃晃的走了進來，乍見追命，怒極反笑道：「好哇！任你翻天覆地，始終也逃不出去！」

這人正是「鐵傘秀才」張虛傲，而今一身濕透，眇目跛腿，十分狼狽，一見莫三給給，便怒聲道：「你這人！我受了傷你連理也不理，要不是有兩個不知天高地厚的年輕人扶我來，你真要我痛死在那裡了！」

莫三給給冷哼一聲，並不說話。張虛傲對莫三給給也似有點畏懼，不敢太過。

西門公子圓場道：「算了，要不是老莫趕你的仇家到此，你豈不是連仇也報不成了？」

張虛傲仍然怒道：「可是他刀傷了我的右目！」

西門公子忽爾低聲向張虛傲道：「你別忘了，你縱未身負重傷，也未必是他的對手啊！不如先了斷了這捕快，以後再到頭兒那處告狀吧！」

張虛傲想想也是，只好強忍怒忿。西門公子又道：「扶你來的兩人，我已叫阿壽把他們宰了。」

張虛傲毫不動容，道：「宰了也好。免得他們問長問短，聽了心煩！」

西門公子笑著向追命道：「現在該宰的是你了。」

追命遊目四顧，室門被封，無處可遁，當下長歎一聲，只好準備戰死此地。

西門公子冷冷地道：「那你就給武氏兄弟和關老爺子償命吧。」

張虛傲道：「他倒沒有殺他們。原來武老二並非死於這這廝之手，是武老大暗殺的。後來我們知道此事，我與關老爺子擒下了武老大，卻給武老大使詐毒死了關老爺子，關老爺子瀕死一擊，也殺了武老大。我一不小心，為這廝所乘，正要迫供，老莫就來了……他倒沒殺過我們的人。」

西門公子道：「我原本也料定派你、武老大和關老爺子就足以應付這個捕快，但不見你們回來，不大放心，所以請老莫去看看，說來老莫也算是你救命恩人。我也奇怪，諒這人也不會是你們三人聯手之敵——原來是你們自己互相殘殺！」

張虛傲道：「他們雖不是死於這廝手上，但我的腿卻是這廝所撞折的，這仇是報定啦。」

莫三給給解下彎刀，向追命冷笑道：「看你還能躲開我幾刀！」

話一說完，一刀飛出！

忽然一聲冷哼，長空一條人影，刀正嵌入那人身上！

「砰！」那人倒了下來，胸插彎刀，已然氣絕，竟是阿壽。

那柄刀一嵌入阿壽體內後，本該飛回莫三給給手中，不料一人長空落下，一手已按住刀柄，刀之回力被化去，仍留在阿壽體內。

這及時按刀的人必是一暗器行家，否則斷無可能如此善於把握時機，適時適地破去這「回魂追月刀」。

只見那按刀的人，年輕逸秀，目光精銳，腹下竟空空蕩蕩，是一名廢腿的人！

莫三給給一招失刀，大為失驚。

追命一見來人，欣喜若狂，叫道：「大師兄！」

那年輕人關切地叫道：「三師弟！我們來遲了，讓你受傷！」

這人正是「武林四大名捕」之首，無情。

莫三給給大怒道：「原來是一個殘廢的！」

追命冷笑道：「你遇到的是真正的暗器大師！」

西門公子怪笑道：「你以為憑你一人就能救他？」

忽聽門外一人冷冷地道：「不，還有我。」只見一名神色冷峻的年輕人，劍一般豎在門口。

追命大喜道：「四師弟！」

冷血關懷地道：「三師兄，請恕我們來遲！」

張虛傲張口結舌，結結巴巴地道：「你們……你們原來是……？」

無情和冷血的及時趕到也並非純粹巧合，他們別過諸葛先生後，馳出京城，到處打聽追命的消息。

追命留下特殊暗記，他們於是一路追來到那客店去。追命負傷而逃時，卻再也來不及留下暗記，於是蹤跡中斷。

可是善惡到頭終有報，這句話，一點也不錯，張虛傲爲追命而反被莫三給給所傷，莫三給給不管張虛傲的死活，留他在那兒，卻恰巧給無情和冷血遇著了。

無情、冷血一見地上的葫蘆，便知是追命的東西，追命嗜酒如命，而今連葫蘆都拋棄，顯然十分危急。於是兩人套問張虛傲。

張虛傲矢口不說，只要他們送他回「西門莊」，兩人會意，也乘機想混入看看；豈料一入莊後，張虛傲便逕自走了，一名家丁在後面掩殺過來，可是又那裡是這兩大名捕的對手，一下子便被制服，追問之下，忙急赴石室，及時趕到，救了追命一命。

◇◇◇◇◇◇◇

無情冷笑道：「我們？我們不就是給你過橋抽板的人嗎？」

張虛傲怔了半晌，西門公子嘿聲道：「你們來了，也只不過一齊送死！」

突然雙鉤一展，直劈追命！

這時人影一閃，眼前一花，一條人影像標槍一樣筆直站在身前，正是冷血！

西門公子雙鉤倒掛，鉤向冷血。

冷血猛地一震，劍已出手。

劍似一條毒蛇，閃電般自雙鉤間伸了進去，直插咽喉。

西門公子臉色大變，一個翻身，退出丈外，避過一劍！

可是冷血又到他身前，「嗤」地又一劍刺出！

西門公子金鉤一架，冷血又刺出一劍，西門公子又是一架，劍越刺越快，西門公子越擋越急，一攻一守，只聽「叮叮叮叮」之聲不絕於耳，冷血渾身成了劍光，西門公子卻化成一片鉤影，正打得難分難解。

西門公子一動，莫三給給便動了。

他是想向阿壽的遺體撲過去。

他的成名絕技的兵器，仍留在阿壽體內。

他一動，無情猛一抬頭，目光如電，使莫三給給打了個寒噤。

他幾乎可以感覺到，如果他貿然撲上的話，死的只有自己！

所以他的動作即時改爲緩慢的、鎮定的、冷靜的把頭上笠帽摘下來。

在三十年前加盟這十三兇手集團之前，他沒得到「回魂追月刀」的練法，但仍威震苗疆，卻是靠他手上這頂帽子。

無情冷冷地看著他，全身放鬆，十指舒伸，一旦繃緊，將動若脫弦之矢！

那邊的「鐵傘秀才」鐵傘一闔，倏地插向冷血的背後！

忽聽一聲冷笑：「相好的，讓我來會會你！」聲到腿至。

張虛傲閃躲不及，鐵傘硬接一招，二人各自震退二步。追命胛肩傷口震裂，張虛傲的眼創迸血。

只聽追命朗聲道：「大師兄、四師弟，莫三給給孤僻，西門公子狡詐，若留活口，張虛傲可也。」言下之意，自是叫無情、冷血不必顧忌，可猛下殺手。

他追蹤武勝東數日以來，深知這班人的武功，若要生擒，只怕難上加難。

張虛傲聽得怒火中燒，怒叱道：「誰死誰生，尚未可知！」

跟著腳上前就是一招「花雨翻飛」旋戳而來。

這六人三對打在一起，好不激烈。

可是有一對是一直沒有動手，是一陣沒有動手的戰鬥。

這靜止的戰鬥只怕比動手還來的兇險。

莫三給給和無情，都苦待對方稍爲鬆懈的時機！

只要對方一鬆懈，他們的暗器便全力施爲，要了對方的命！

莫三給給飲譽苗疆，殺人無數，每次殺人前見敵手恐懼、驚惶、哀號，仍逃不過他的殺手。

可是眼前這年輕人，似比他還冷靜，還沉著，還鎮定。

他本想再等下去的，可是另兩對戰團，其中一對已分出了高下！

追命一腳把「鐵傘秀才」張虛傲的鐵傘踹飛！

追命武功本就在武勝東之上，而武勝東猶在張虛傲之上，追命身受一掌兩刀之傷，但張虛傲也受一腿一刀之傷。追命肩胛之刀傷雖重，但張虛傲的目傷更重，追命的傷雖不輕，但張虛傲的一條腿也十分不靈光。

追命就只多了一處輕微的腰間刀傷，武功雖打折扣，若對手是武勝東，或可打個平手，但張虛傲的武功，仍是差追命一籌！

兩人拚命負傷相搏，三十招後，追命已踢飛張虛傲的鐵傘。

張虛傲頓落下風。

莫三給給一看，知道若再不出手，追命殺張虛傲之後，必來助無情，以二對一，只怕更加難以應付。

所以他立刻出手。

竹笠旋轉飛出。

他一出手，無情立時出手。

敵不動，我不動。敵欲動，我先動。

這二人俱是當今暗器的大行家！

竹笠飛出的同時，無情一震，七柄柳葉飛刀已釘在竹笠上。七柄飛刀激插於地，竹笠仍向無情飛來。

無情不會武功！

他能避得過這飛捲急旋的竹笠？

無情沒有避。手一振，五枚鐵蓮子又打在竹笠上！

竹笠一震，迴旋之力仍把五枚鐵蓮子激飛！

竹笠仍照常飛出。

無情居然神色不變。兩顆鐵膽又打在竹笠上。這時竹笠已離無情之頸不遠，兩顆鐵膽被盪飛出去，但竹笠也停了停。

竹笠停了一停之後，竟還有餘力，仍向前飛劈而來。

無情臉色一變，十粒鐵蒺棘及時射出！這時竹笠已貼近無情，十粒鐵蒺棘打在竹笠上，俱被砸飛。

但竹笠的勁道至此已完全被摧潰了。

這次輪到莫三給給臉色大變，伸手一引，竹笠立時倒飛。

既然一擊不成，只好留待第二擊。

無情竟以分四次發射廿四件暗器擊毀了他那一擊。

竹笠才倒飛，無情立時反攻。

他不能讓竹笠再回到莫三給給手中！

三枚鐵雞爪已追釘在竹笠上。

竹笠一晃，餘勁未消，仍飛向莫三給給手中。

無情一揚手，兩支金鏢破空而出，後發而先至，在竹笠差三尺之遙之際，擊中竹笠。

竹笠、金鏢，俱被震飛！

莫三給給臉色大變，飛身追向竹笠！

他的身形一起，無情一刀擲出。

刀劃花空，尖嘶而過，莫三給給人在半空，抓中竹笠，刀光亦沒入他腹中。

莫三給給半空一個翻身，落在地上，再想發出竹笠，但已無力。

一柄一尺二寸長的匕首，完全嵌入他腹中！

不擊則已，一擊必殺！

莫三給給抓到竹笠，也沒有用了。

他的生命已離開了他的肉體。

他緩緩的倒了下去，眼睛像死魚一般的凸出來，瞪著無情。

無情看過無數死人的臉孔，很少有比莫三給給這一張更難看。

這兩人都是一等一的暗器高手！

凡是善使暗器的人，必是出手狠辣，盡可能要一擊必殺的。

所以只要這種一出必殺的人鬥在一起，武功雖相差不遠，但勝負卻快。

勝者存，敗者亡。

差之毫釐，失之千里。

莫三給給和無情各攻一招，地上便只剩下一個活人。

另一具已經是屍體。

冷血已經一口氣攻出一百零八劍，西門公子左鉤接、右鉤引，盡皆封架！

冷血一交手便佔得先手，原因是他劍法奇幻、迅速、辛詭！

西門公子一開始便措手不及，只有封架的份兒！

可是久戰之後，西門公子已約略摸清了冷血的怪異劍招。

武林聲勢雖不如「東堡、南寨、西鎮、北城」，但武功卻比「四大世家」更高的「西門莊、歐陽谷」，莊主西門公子確是個武林奇才，心狠手辣，悟性奇高。

西門公子摸清冷血的劍招時，已接下第二百四十一劍了。

只聽一連串的「叮叮」之聲，密集在一起，根本就沒有中斷過。

到第二百四十二劍時，西門公子的雙鉤突然扣住冷血的長劍！

這二百餘招來，兩人都沒有喘過一口氣，而今招式一停，兩人都急喘幾口氣。

兩人喘定了氣，冷血全力抽劍，西門公子進力緊扣！

冷血劍抽不出。

要知道西門公子這一扣，是參加十三元兇後所得之絕技，當年倪老前輩紀錄「長臂神魔」大破「齊門金刀」時，就是靠這一下鉤鎖絕技！

冷血一抽不脫，而西門公子卻運力一扳，「拍」一聲，冷血薄劍立時折斷！

西門公子這一下犯了個錯誤。

三　設伏遇埋伏

西門公子犯了個無可救藥的大錯誤。

他可以制住冷血的劍，但不該折斷了冷血的劍。

折斷了冷血的劍就等於鎖不住他的斷劍。

冷血的劍毒蛇般噬向西門公子咽喉！

西門公子臉色變了，雙鉤一推，劈向冷血！

冷血殺他，他就殺冷血！

這是同歸於盡的打法，如果冷血不想死，一定得收招自保。

可惜，他又犯上一個更無可饒恕的大錯。

他是迫於無奈才拚命，冷血卻是拚命招式的行家。

他已算準時間、力道、機變，一分一毫都不會有差池！

鉤劈至冷血額頂，便已乏力。

因爲冷血的斷劍一尺七寸長，已插入西門公子咽喉，自後頸穿了出來。

劍入咽喉，西門公子立時脫力。

鉤雖已舉起，但已不能傷冷血。

冷血冷笑，一抽斷劍，劍出血濺，西門公子雙鉤「嗆」然落地，用手掩住喉嚨，「咯咯」地道：「你……你……」

冷血冷冷地道：「你斷我劍，我殺你人！」

西門公子終於一個字也說不出來，砰地倒於地上。

◇◇◇◇◇◇

無情的暗器狠，冷血的劍更辣！

追命的腿本也狠辣，用腿的人本就比用手的人來得狠辣。

腿的力道本就比手威猛。

可是，如今追命受傷後，再加上要生擒對方，功力再打折扣，只能夠困住張虛傲。

張虛傲左衝右突，不能闖出如山腿影，卻忽見莫三給給死了！

這一下他嚇得魂飛魄散，硬捱追命一腿於左肩上，借勢而起，飛向大門。

他人才飛起，兩蓬銀針已向他中門射至。

無情出的手！

張虛傲此驚非同小可，強吸一口氣，猛再拔起三尺。

第一蓬銀針落空，但張虛傲左腿卻因劇痛而一沉，身子落下半尺，第二蓬六枚銀針，全打在他右腳脛骨上。

張虛傲痛入心脾，怒吼一聲，摔倒下來，痛得金星直冒，再睜眼時，只見一柄斷劍指著自己的咽喉。

劍上還有血。

不消說自是西門公子的血。

只見冷血冷冷的望著他，冷冷地道：「你再逃，我殺你。」

張虛傲只覺得寒意由腳趾冒到頭髮裡去。

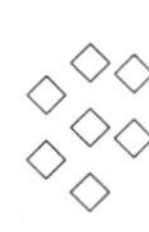

張虛傲只覺左腿的膝傷、右腿的六道針傷、右目的刀傷、左肩的踢傷一道發作，幾乎要大聲呻吟起來。

這一下「鐵傘秀才」張虛傲的傷，可比追命的傷嚴重多了。

冷血朝著他，像看進他的內心裡去，道：「你再痛，也得回答我的問題。」

張虛傲呻吟了一聲，說道：「你說吧。」

冷血道：「頭兒是誰？還有六名兇手是誰？」

張虛傲閉上眼睛，沒有吭聲。

冷血冷冷地道：「你要我用刑？」

張虛傲依然緊閤雙目，但全身發起抖來，激烈的在顫抖著。

追命倚在牆上，忽然笑道：「誰主使你來的？同伴有誰？下一個目標是什麼？你到此地步仍不說，看來很夠意思。」說到這裡，淡淡一笑，道：「可是你的同伴待你又是怎樣？你們追殺於我，是受了武勝東利用，他連關老爺子也殺了，要不是關海明也要了他的命，他恐怕也要殺你滅口哩！」

這番話說得張虛傲呆了一陣，睜開眼睛，怔怔不語。

追命繼續道：「再看後來我與莫三給給交手，是你以鐵傘架了我給他致命的兩腳，而他反而勾瞎你的右眼，把你置之不理，送你回來的還是我兩個師兄弟，西門公子又何嘗有爲你報仇之意？」

張虛傲欲言又止，追命又道：「你現在身受數創，傷得最重的恐怕是右目吧？那還不是自己人下的手！你若受傷沒那麼重，恐怕我早就困不住你；現在你已受那麼重的傷，你以爲你能在我們三人聯手之下再逃得出去嗎？」

張虛傲沉默良久，終於長歎道：「我若說出來，可有好處？」

追命望向無情。無情端坐於地，點點頭道：「你說出來，我立刻放你。只要你不再爲惡，我們便不抓你。你今天所受的傷也夠一世難忘了。」

張虛傲知道「四大名捕」說一是一，忙道：「一言既出，駟馬難追？」

無情道：「當然。」

冷血道：「你說吧。要是我用刑，你也得說。」

張虛傲只覺全身傷口又一陣刺痛，當下不再遲疑，道：「我說……」

忽然窗外「喀擦」一聲，像有什麼東西被捏碎了似的。

無情臉色陡變，叫道：「小心！」兩片飛蝗石反手打出。

話說未完，一道尖銳的急風，疾取向冷血的咽喉。

冷血閃避不及，突然腳下關節一麻，人伏了一伏，急風自頭上險險擦過！

無情的飛蝗石，正打在他左右腿軟骨上。

冷血這一矮身，卻聽見張虛傲的喉骨「喀擦」一聲，然後張虛傲一臉都是驚惶之色，用手摀住喉嚨叫道：「司馬——」

便口溢鮮血，竟連喉骨一齊吐出來，立時氣絕。

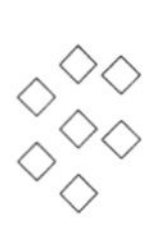

冷血竄起，破窗而出。

追命驚道：「三丈凌空鎖喉指？」

「不錯。」無情道。

追命長長吁出一口氣，道：「我聽世叔說，十三元兇中曾有人以『三丈凌空鎖喉指』拑斷更夫的喉核，我就那麼想，武林中有此功力的只有三個人，但那三人都不至做這等事……沒料到十二連環塢的司馬荒墳還沒死。」

無情臉無表情道：「要不是張虛傲臨死叫出了一聲『司馬』，只怕到現在還猜不著是誰。」

追命道：「還有六名兇手是不是？」

無情道：「是。」

追命道：「其中一人會不會是司馬荒墳？」

無情道：「不錯！」

追命道：「司馬荒墳的武功比莫三給給如何？」

無情道：「只高不低。」

追命長歎道：「那你還不幫四師弟追殺，還管我做什麼！何況還有五個不知名的殺手，這線索又絕不能斷！」

無情道：「我知道在那兒找他們的老巢！」

追命目光閃動道：「南西門莊……」

無情接道：「北歐陽谷。」

追命道：「不錯。剛才西門公子狂妄自大時，也曾透露過歐陽谷，並道明自己是南面的聯絡站。」

無情道：「所以我先趕去歐陽谷看個究竟！」

追命苦笑道：「連飲譽江湖的歐陽大也成了兇手，實是聳人聽聞，你卻爲何還不去？」

無情道：「就是因爲歐陽大這等高手也出動了，所以我才不能先離開你。你已身受重傷，他們若伺機出手，只怕就難有僥倖了。」

追命澀聲道：「那你等到幾時？」

無情道：「等我四劍童一到，先護送你回諸葛神侯府。有他們四人再加上你，就算歐陽大親自出馬也勉強可以一戰了。」

追命苦笑道：「你真的要我回去？」

無情扳起臉孔道：「你已受傷不輕，若不回去，又叫我們怎放心得下呢！」隨而又央求道：「要是你對我這做大師兄的有點信心的話，你就給我面子回去吧。」

追命歎了口氣道：「好吧。」

無情欣慰地道：「四劍童馬上便到，你若在道上遇見二師弟，叫他先到歐陽谷探看。」

追命輕歎口氣而應道：「是！大師兄保重。」

冷血飛撞出窗外，窗外人影一閃！

窗外的人返身就逃，冷血拚命急追！

一追一逃，跑了數里，冷血與那人的輕功在伯仲之間，冷血越跑越狠，大風迎臉激烈地吹來，頭巾吹掉了，衣襟袒開了，草鞋也磨破了，但冷血越跑越奮亢。

那人卻開始累了，有點氣喘吁吁了。

冷血大叫道：「司馬荒墳，你跑不了的！」

其時明月如鉤，已經偏西，大霧迷漫，正是一處荒墳。

只見野塚零亂遍佈處，司馬荒墳人影一閃，閃進一座碑石後面去。

冷血停止，冷冷地看著那塊石碑，道：「司馬荒墳，你適才出手暗算，眾人前殺人的勇氣去了那裡？」

只聽墓中有人桀桀笑道：「你知道我的名字？」

這時濃霧昇起，黎明之前最是荒涼黑暗。這道理既最是令人欣慰，也最令人傷心。

冷血道：「司馬荒墳。」

司馬荒墳道：「不錯。荒墳，荒墳，哈哈哈……一入荒墳，死無所葬。」猛地自墓後冒了出來。

饒是冷血膽大包天，也嚇得一呆，朦朧的月色下，這司馬荒墳披頭散髮，滿臉刀疤，五官都奇異的扭曲著，簡直比鬼還要可怕。

只聽司馬荒墳嘶聲笑道：「霧來了……霧來了……霧泣鬼神號，雨落天地悲……」這時大霧漸濃，只見一丈外都被濃霧所罩，看不清事物，司馬荒墳的黑影在霧中似真似幻，厲笑狂嘯好不恐怖。

冷血喝道：「看劍！」

斷劍直刺入濃霧，切斷了濃霧，刺入了濃霧的中心！

就在這剎那間，大霧中黃光二閃，司馬荒墳左右手各自多了一張銅鈸，閃電般右左一闔，「鏘」地夾住冷血如閃電的劍。

天下能一舉而夾住冷血的快劍的，江湖上也沒幾個人，縱然是西門公子這樣的高手，也要等到二百四十二劍後才能以雙鉤扣住冷血的劍。

冷血抽動劍身，斷劍在銅鈸磨擦中發出令人牙酸的尖銳聲響。

冷血暗驚，但並不失措。因爲他冠絕武林的那一擊，尙未施出。

他那一擊曾把一個武功在他三倍之上的強徒領袖擊殺。

可是就在這時候，他腳下的土地忽然裂開，一雙沒有血色、蒼白的手伸了出來，閃電般抓住了冷血的雙踝。

遠處濃霧中又一聲叱喝，一柄金柄紅穗纓槍，劈面刺到，力勁炸破濃霧！

這幾件事情同時發生，冷血雙足被制，無法閃避，唯一的方法只有棄劍用手接槍。

冷血一鬆手，不料司馬荒墳雙鈸也一張，閃電般左右夾住冷血雙肩。

冷血只覺左右壓力排山倒海而來，雙手已無法動彈，忙運功相抗，這才變了臉色！

而這時長槍已迎臉刺到。

這一根槍不但長，而且大，這一下如刺中臉部，不被搗得個稀爛才怪！

冷血雙手受制，雙足被抓，猛一張口，竟咬住了槍尖，長槍竟刺不下去。

可是這樣一來，冷血連半分動彈的機會也沒有了。

這根槍十分之長，槍的另一端在濃霧之中，提槍的人也在濃霧之中，鐵板銅琶一般的聲音自濃霧中傳來：「好！居然這般接下我這一槍！」

只聽黃土中的那人桀桀笑道：「可是你現在等於是一個沒有了手、沒有了腳、沒有了嘴巴的人。」一面說著，雙手疾封了冷血腿上的穴道，突地跳了出來，陰惻惻地笑道：「現在，我們要你怎麼樣，你便得怎麼樣。」

「不知道冷血現在怎樣了？」追命心中惦念著，轎子平穩但如飛一般的速度疾行著，青衣四劍童的功力顯然又激進了不少。

烈日如炎，夏天的氣候是最令人受不了的。追命覺得渾身都是汗，汗水浸濕了胛骨的傷口處，陣陣隱痛傳來。

就在這時候，他忽然聽見一聲尖嘯！

這一聲尖嘯甫起，轎子忽然停了。

停得那麼自然，故此轎子絲毫沒有震動。

轎子一旦停下，第二聲尖嘯又告響起！

這第二聲尖嘯又近了許多。

追命掀開轎簾，只見大道上閃出了五、六個人，追命心中一凜，但見這五、六個人神色張惶，其中一人道：「不行了，咱們被追得走頭無路了，好歹也要回頭拚拚！」

另一人愁眉苦臉的道：「咱們『鬼符』七義圍攻他一個，老五還是讓他給幹了，剩下我們六個人，再拚也不是他的對手啊。」

一人又說道：「可是咱們逃了二百餘里他還是追得上來，不拚如同等死。」

有一人站在土崗上眺望，突地跳下來，噓聲道：「來了，來了，那兔崽子又來了！」

爲首的一個比較沉著冷靜的人疾聲道：「不管了，咱們躲起來，再給他一下暗的。」

話一說完，六人立散，各自躲了起來，行動迅速，身法詭異。

轎外的青衣童子金劍童子悄聲道：「看來他們並不是衝著咱們來的。」

銀劍童子道：「他們好像要在這兒伏擊某個追殺他們的人。」

銅劍童子道：「他們自稱『鬼符』，不知是什麼組織？」

鐵劍童子道：「這要問三師叔了。」

追命道：「『鬼符』就是『鬼符門』，這『鬼符門』，共有七鬼，一個貪財、一個好色、一個嗜殺、一個行騙、一個惡盜、一個通敵、一個人販，七人合起來，偷搶姦騙，無所不爲。老大叫胡飛，擅使大刀，一刀斷魂，很少用第二刀。老二叫丘獨，擅使緬刀，殺人之前要對方鮮血流盡。老三叫郭彬，外表君子，內心狠毒，專以毒鏢傷人。老四叫金化，用的判官筆是淬毒的，沾著了也得爛腐七日而死。老五叫丁亥，殺人時嗜斲殘對方四肢。老六叫魏尖，殺人絕招是咽喉一擊。老七叫彭喜，逼供手法殘酷，據說他有次把一個人逼拷了七七四十九次，那個人簡直不復人形。」

四劍童握劍柄的手立即緊了一緊。追命笑道：「不必激動。他們今日碰上我們，算他們倒楣，先看來者是誰再說。況且對方以一敵七，居然能放倒丁亥，還追迫六鬼，武功自是不弱。我們先瞧瞧再說。」

這時六鬼已隱藏得形跡全無。只見一人自官道大步行來，已走近六鬼隱藏處。追命一見大喜，叫道：「二師兄！」

那人一震，抬目一望，神光暴長，也喜極叫道：「三師弟！」

四劍童紛紛叫道：「二師叔！」

追命揭開轎簾，長身飛出。鐵手踏步如飛，前奔過來。就在這時，「颼颼」之聲不絕於耳，向鐵手身後打到。

跟著前面精光一閃，直奪咽喉。

鐵手一震道：「三師弟，你怎麼受了傷？」眼睛望著追命，左手向後東抓西抓，所有的暗器已抓在手裡。右手一拳，打在精光上，魏尖的長劍立時碎成劍片，劍片釘入魏尖自己的腳上！

魏尖慘呼，倒下。

追命笑道：「不礙事的。倒是大師兄和四師弟那兒事急。」

他一番話未說完，一柄緬刀已砍向他雙足。

另外一雙判官筆，疾點向鐵手左右太陽穴，一條鐵鏈，狂抽鐵手全身。

追命一腳已踏住了緬刀，再想出腳，傷口又一陣痛楚，緬刀趁機抽出，疾砍追命！

追命一連七招四十九個變化，迫住了丘獨。那邊鐵手已震斷了彭喜的鐵鏈，拏住了金化的判官筆。

只聽一聲呼嘯，剩下的四鬼急遁，發出呼嘯的人是胡飛。

鐵手一面道：「大師兄、四師弟是不是遇上了十三元兇了？」一面已困住了金化。金化左衝右突，始終無法衝得破鐵手的兩隻手掌。

彭喜轉身就走，追命猛地一個「飛踢」，連人帶腿，踢在彭喜的額前，彭喜倒飛出去，頭顱就像一隻破爛的瓷碗。

追命冷笑道：「要不是用刑太過殘毒，今天我也不一定要吃定你。」可是這一下「飛踢」，也帶動了真氣，使追命傷口疼痛不已。

丘獨一見追命分心，猛攻兩招，轉身就跑，不料青影閃動，四個童子已亮出短劍，包圍了他。

丘獨殺人不眨眼，一柄緬刀喜把對方砍得遍體鱗傷而死，那把四劍童放在眼裡。不料三招一過，愈覺四柄劍攻勢甚厲，而且天衣無縫，辛詭急異，丘獨驚道：

「是無情手下四劍童？」

這邊的鐵手已把金化判官筆拗斷，一拳打碎金化的腳骨，道：「你們兩個，跟我歸案吧。」金化拚力欲逃，鐵手揚揚拳頭，金化乖乖的蹲在丘獨、魏尖身旁，呻吟不已。

那邊的老大胡飛與老三郭彬，早已乘機逃遁，影蹤不見。

追命點了點頭，四劍童立時會意，過去把丘獨與金化像粽子一般的紮了起來。鐵手走過去，仔細觀察追命的傷口道：「山東關家『大手印』和苗疆鉤刀所傷？」

追命歎道：「不錯，二師兄，現在只怕大師兄與四師弟那兒已遇事了，我先把詳情告訴你再說。」

距離「歐陽谷」八十七里有一處地方，叫做「三歇腳」。

這地方之所以叫做「三歇腳」，確是有三個歇腳之處。第一處叫「水豆腐」，這家的豆腐花是遠近馳名的。

何況現下正是夏天，更何況賣豆腐的又是一個容光照人的大姑娘，有誰不想吃這一家豆腐呢？

偏偏今天豆腐攤沒開。無情只想解解渴，於是促動轎軸，到了「三歇腳」的第二個歇腳處，一棵大樹蔭下，有個麻子在賣蓮子湯。

第三個歇腳處遠遠便可望見，是一家賣燒餅油條的，配上豆漿，可以解渴，又可以充飢。那賣燒餅的看見有客人走上那麻子的門，好像很不服氣，放聲就叫：

「客官哎——您要解渴唷，來小的這家，小的細磨豆漿，包你滿意，遠比麻子不乾不淨的蓮子湯來得清涼乾淨！」

那麻子聽了勃然大怒，怕無情轉到那邊去，他就沒生意可做了，當下拉住轎子，罵道：「賣燒餅的，你給我閉口，你那家淡出名王八的豆漿，不知從那間毛坑裡撈出來的，還敢跟老子搶客人！」

那賣燒餅的一聽，怒火中燒，捲袖跑了過來，指著麻子的鼻子，大罵道：「你的蓮子湯又好到那裡去？還是你老婆夜壺裡——」

麻子閃電般一伸手，抓住賣燒餅的手，叱道：「你再說！你敢說——」

賣燒餅的反手一推，喝道：「我怎麼不敢說，怕了你啊？」

麻子跌跌撞撞在轎旁，拚力扯住賣燒餅的，叫嚷道：「你這王八——」

兩人扭扭扯扯，轎子裡的無情猶分毫未動。

就在這兩人爭持不下的時候，這看來普通的紛爭，驟然生變！那麻子忽然身子滴溜溜一轉，已轉到轎子之前，手中驟然精光暴射！

沒有人來得及看清楚那是什麼事物，因爲實在是太快了。

精光飛入簾內，發出一聲悶響。

可是並沒有慘呼。

一條白衣無腿人影沖天而起！

精光又「颼」地自轎內飛出，閃回麻子手中，原來是一環精鋼，鋼齒上沾了木屑。

無情沖天而起，另一道人影亦沖天而起！

那人正是賣燒餅的，不知怎的，手中已多了一柄扇，半空一張，赫然竟是「逆我者亡」四個大字。

等到看清楚這四個大字，至少有二十種微小的暗器，有的直飛、有的旋轉，打向人在半空的無情。

無情身上也立時飛出七、八道黑點。

這七、八道黑點打在先飛到的暗器上，撞擊在一起，並未落下，又撞中後來的暗器，糾纏於一道，於是所有的暗器都中途落下。

暗器尚未到地，無情的人又落入轎子中。

麻子手中一震，「霍」地一聲，精光又脫手飛出，「奪」地打入轎中。但轎子及時落下一道鋼板，「登」的一聲，精芒在鋼板劃了一道火星四濺的銀線，但勢已偏，斜飛出去，麻子忙飛身接住，臉色已然一沉！

那賣燒餅的半空居然能摔身、下沉、扇子一摺，下戳轎中人的門頂。

不料又是「叮」的一聲，轎頂又上了一道鋼板，扇子收勢不及，「叮」地點在鋼板上，這賣燒餅的看來武功高絕，居然能借這一點之勢，化爲斜飛之勁，飄然落地。

轎子左右後三面本已封實，現在前上二面又封死，變成好像一隻鐵籠子，靜立於太陽底下。

麻子冷笑道：「好！你有本事縮著不出來，我就把你砸下山崖去。」

說著雙臂一掙，就要過來抱轎子。

賣燒餅的一聲吆喝：「小心！」

轎子的鋼板上忽「騰騰」二聲，兩枚小箭射出，來勢之急，無可比擬！

麻子大驚，雙臂已張，後退不及，手中精光一閃，「颼」地截下一支箭，但另一支眼看就要插在胸前，忽然人影一閃，那賣燒餅的已以拇食二指挾住此枚小箭。

麻子此驚非同小可，後退十餘丈；賣燒餅的雙指夾箭，冷冷在盯著像一間銅屋的轎子。

只聽無情的聲音淡定的從轎中傳來：「歐陽谷主好快的身手。」

那賣燒餅的一怔，冷笑一聲，道：「不敢！」

無情冷冷地道：「只可惜憑閣下的『陰陽神扇』絕技，尚要扮成賣燒餅的，未免太生硬造作了。」

歐陽大聳了聳肩，忽然笑道：「大神捕好眼力。只不知如何識破我們的身分的呢？」

無情冷哼了一聲，道：「『三歃腳』享譽十餘年，若幾十年的老友天天還如此吵架，這樣的拉客方法，只怕是把客人趕走而已。」

歐陽大「哦」了聲，道：「這點倒是失算了。」

無情道：「還有你們一搭一推兩式，雖已節制，但仍見真章。名家一伸手，便知有沒有。讓我看出你們隱藏武功，還如此厲害，真正放起來必是絕頂高手。」

歐陽大搖搖頭，又「唰」地張開了扇，搖了搖扇面道：「縱是絕頂高手，也破不了你這一頂轎子。」

無情的聲音自轎子傳了出來，「那位可是飲譽苗疆第一迴旋快刀，『無刀叟』冷柳平？」

那麻子本來暴戾之氣焰，忽變成令人不寒而慄的冷峻，雙目緊盯住轎子，道：「我是冷柳平。你躲過我兩刀，我卻幾乎躲不開你兩箭，佩服！」

無情在轎中似乎一震。這是行家遇著行家的尊敬。無情道：「我能擋你第二擊是依靠這轎子的機巧，否則未必能接得住。再說你那『無刀一擊』尚未出手，這樣對你並不公平。」

冷柳平原來是苗疆四大使刀高手武功最強者。有次「一刀千里」莫三給給與冷柳平約戰黑龍江，莫三給給的鉤刀與冷柳平的飛圈互碰而落，而莫三給給的刀沿竹笠卻敗在冷柳平「無刀一擊」之下，從此「無刀叟」的聲名漸在「一刀千里」之上。

冷柳平聽了無情的話，臉上也有一片傲然之色。

「陰陽神扇」歐陽大道：「我們既突襲你不成，你為何不反擊我們？」

轎子裡沉默了半晌，無情終於道：「你一擊不成，我借勢反擊，但亦給你們破了去，現在正面攻擊你們，以一敵二，我連兩成把握也沒有。」

歐陽大笑道：「正是。我也想再度猛攻，但你坐鎮在此轎內，又有所戒備，我們也沒有超過四成的勝算。沒有六成以上把握的事，我決不為之。」

無情冷笑一聲，道：「好，那你們為何不走？」

歐陽大道：「好，我們走。不過我們一路還是會引你離開轎子，再突襲你的，要小心囉。」

無情冷哼一聲，道：「謝了。我當心便是！」

歐陽大笑道：「我這便走。不過在臨走前，我還有個嘗試……」

無情冷冷地道：「什麼嘗試？」

歐陽大道：「這嘗試倒有八成以上的把握……」摺扇一點，「錚錚」兩點寒光，射入轎前幅下襬的一個不易令人察覺的小孔裡。

無情的聲音，就是從這小孔裡傳出來的。

這一下變化之快，令人始料不及；甚至連冷柳平驚覺時，毒針已射入孔內，不偏不倚。

針是見血封喉的毒針。

轎內一聲悶哼。

歐陽大喜動於色，大笑道：「倒也，倒也！」

猝然轎前的鋼板完全抽起，無情就在轎裡瞪著他，雙手一震，至少二、三十件暗器飛出。

有的暗器打前面，有的側打左右翼，有的打上部，有的打下部，更有的借迴旋之力反打歐陽大背後。

歐陽大一見無情，心中已然一凜，沖天而起，摺扇一展而翻，變成黑底白字「順我者昌」在前面，東打西點，把全身舞得個風雨不透！

冷柳平怒喝，手一揚，精芒掠出。

「軋」地轎門又閘下，精芒半途轉回冷柳平手中。

只聽一陣「叮叮」之聲，二、三十件暗器落地，跟著歐陽大也飄然落地，肩頭已染紅了一片。

冷柳平趨前一步，問道：「你不礙事吧？」

歐陽大搖了搖頭，強自笑道：「沒料我還是著了你的道兒。我忘了你是廢了腿的，那兩根『見血絕命搜魂針』自小孔穿入，只打在你衣襟下襬吧？」

轎裡的人冷哼一聲，不置可否。

歐陽大嘿聲道：「幸好你的暗器全無淬毒，否則只怕這次是我遭了殃啦。」

無情冷冷地道：「我的暗器，從來不必淬毒。」

歐陽大怔了怔，旋又大笑道：「好，有志氣！果然不愧爲暗器名家！只是今天你放不倒我，他日只怕沒那麼便宜你了。好！告辭了。」雙手執摺扇一拱，大步而去。

冷柳平深深的望了轎子一眼，道：「但願日後你能走出轎子來，咱們再在暗器上決一勝負。」說完一竄而去。

烈日下，轎子依然動也未動。

又過了好久，烈日已在中頂，轎子的影子縮小至無，這時才聽到緩慢的「軋軋」之聲，轎前的鋼板慢慢昇了上來，露出無情沉鬱的臉容，他正暗忖：

「我何嘗不想出來與冷柳平決一勝負呢。只是以二對一，我絕非歐陽大二人之敵。看來四弟追緝司馬荒墳，有這班高手在，想必是凶多吉少了。」

「凶多吉少？」金劍童子眨了眨眼睛，又搔了搔頭，笑道：「怎會呢？四師叔

劍法卓絕，何況還有師父協助，絕不會有事的。」

追命淡淡地笑了笑，猛灌了幾口酒。客店打尖的人看見一個骯骯髒髒的傷者和四個青衣童子在一起，都不禁投以奇怪的注目。

這時客店外有一個清婉的聲音在叫賣：「水豆腐啊！水豆腐。」

一面叫著一面挑了進來，客店的夥計立時圍上來，要轟她出去，一面罵道：「騷娘兒，怎麼賣到咱家來了！」

「是活得不耐煩了麼？」

「要不是看妳細皮白肉的，早把妳攆出去了！」

這一句倒是點醒了一些顧客，幾個流氓翹著腳評頭論足。

「嗨，這妞兒還不錯嘛！」

「對，咱們就試試她的豆腐。」

「她倒是比豆腐還嫩哩。」

有幾個大膽的江湖浪子還圍了上去，大力分開夥計，向那賣水豆腐的姑娘調笑道：「嚕，還不錯嘛，何必賣豆腐呢，嫁給本少爺，包妳有吃有穿的，決不委屈了妳的唷。」

「哎唷，真是禾稈蓋珍珠，這麼出色的大姑娘，怎麼要拋頭露臉的叫賣啊？好叫大爺我心疼哦！」

那幾個夥計倒是慌了手腳，既不願姑娘在此受辱，又不敢招惹這批登徒子，急得團團亂轉，不知如何是好。

那俏美的大姑娘，在客店裡轉來轉去總轉不出去，又怕碰在那班流氓身上，急得大眼睛都紅了。

這邊的四劍童早已豎眉瞪目，蠢蠢欲動，追命酒杯仍在唇間，隔了一會終於點了點頭。他一點頭，四劍童登時喜溢於色。

青衣四劍童各一閃身，已站在六個流氓的身後。銀劍童喝道：「叱！你們這班狗徒，沒有王法了？」

幾名流氓倒是被嚇了一跳，回過頭來一看，原來是幾個小孩子，不禁啼笑皆非，一人張牙舞爪的道：「他媽的，老子還道是誰，原來是幾個小雜種！」

另一個賊眉賊眼的人道：「操哪！索性拐來賣掉。」

又一臉肉橫生的人道：「乳牙還未長大，居然敢罵起爺們來了，不想要小命了！」說著伸出蒲扇般的大手，一把抓下來。客店的人都暗呼不好，以爲這幾個膽大包天的小童就要遭殃了。

只聽鐵劍童忽然揚聲叫道：「三師叔，好色之徒，凌弱欺小，如何懲呢？」

追命一口酒吞下肚去，笑道：「小施懲戒吧！」

一語甫出，四道劍光掠起，六個登徒子立時倒了下去，有些痛得在地上打滾，有的蹲在地上哀號，有的已經痛暈過去了。六個人，有的兩隻手指，有的一隻腳趾，不是給挑斷，便是被削去。

客店中的人幾時見過如此快的劍招，登時都嚇呆了。

那大姑娘也怔住了，好一會兒才哭得出聲音來，一面哭一面向青衣四劍童揖拜道：「四位小爺救了小女子，小女子不知如何報答才好——」

青衣四劍童被人稱作「小爺」，登時笑逐顏開。

鐵劍童子笑道：「大姊怎麼這般客氣，不過姑娘又長得這般漂亮，還是小心點好，免受人氣。」

那姑娘不禁展顏笑道：「沒料到你們年紀輕、功夫好，居然還會看中人家容色漂亮不漂亮。」

金劍童子笑道：「姑娘這般美，小子也會看啦。」

銀劍童子作大人狀，大剌剌地道：「我們嘛，本來就極有眼光的啦！」

那姑娘笑道：「瞧你，自以爲觀人透澈了嗎？還差得遠哩。」這句話一說完，姑娘手裡就多了一柄可柔可硬的「鐵蓮花」，蓮花梗閃電一般點倒金劍童子。其餘三名劍童一驚，蓮花瓣忽然分頭射出，銀劍童子又被打倒。銅劍童子方待拔出劍來，胸前已中了一指；鐵劍童子才一劍刺出，蓮花心中忽然噴出一團紅霧，鐵劍童子砰然倒地。

這一下劇變，把全客店的人都嚇呆了，包括那幾名登徒子在內。

追命的臉色也變了。當他看出端倪時，尙未來得及出聲警告，對方便已出手。

這一下攻其無備，竟連得無情親手調教、諸葛先生偶亦指點的青衣劍童，也悉數栽倒。

姑娘冷笑一聲，雙腳連環踢出，地上的兩桶豆腐猛然溢出，濺得地上六名登徒子一身都是。

幾乎是在同時間，這六名登徒子的臉色由藍變紫，拚命用手在自己沾有豆腐的地方搔扒，哀號打滾，那姑娘鐵青著臉色道：「你們想吃我的豆腐？現在吃吧！」

那六名登徒子慘呼打滾，終於全身發抖，不住抽搐，用手抓自己的咽喉，終於氣絕。

這姑娘臉色不變，而全店裡的人臉色都變了。

姑娘冷冷的環視這些縮著一團的店夥與客人，冷笑道：「你們也別想活了。」

突聽一人冷冷地道：「毒蓮花，妳還要濫殺無辜麼？」

毒蓮花回眸望向追命，笑道：「本姑娘行事，素不留活口，怪只怪是你害了他們的命。」

追命泰然笑道：「那你果然是衝著我來的了。」

毒蓮花嫵媚一笑道：「你別假裝了。你要是沒受傷，姑娘也怕你五分。現在你已受傷了，四個黃口小兒又給姑娘放倒了，你強笑反而震裂創口而已。」

追命怒道：「妳把四劍童怎麼了？」

毒蓮花笑道：「這四個鬼靈精總算機警，還會說本姑娘貌美，他們又還沒長大，否則，姑娘也得挖其雙目……這次姑娘就網開一面，饒他們不殺。至於這干旁人嘛——」

追命怒瞪雙目，叱道：「妳敢！」

毒蓮花展顏笑道：「姑娘我還有什麼不敢的？」

追命閃電般已到了毒蓮花身前，一連踢出十八腳！

毒蓮花一連閃了十八下，正待反擊，追命又踢出三十六腳，比先前的十八腳更迅速、更凌厲、更詭異！

毒蓮花臉色一沉，手一震，手中的蓮花噴出一團紅霧！

追命立時閉氣倒縱，一連七、八個翻身，兩手合攏四劍童，撞牆出店定睛看時，店裡的人都倒了下去，有的嗆咳、有的抽搐。

毒蓮花盈盈躍出，追命沉聲喝道：「杜蓮，這是妳我之間的恩怨，妳卻濫殺無辜，總有一天我要抓妳繩之以法！」

「毒蓮花」杜蓮笑道：「你自保尚且不及，還管別人的閒事哩。姑娘幹下七宗大案，手底下亡魂無數，就要看你超度不超度得了！」

追命冷笑道：「好一個龐大的組織，居然把山東關海明、西門莊、歐陽谷，甚至苗疆的莫三給給和妳都吸收過來了。」

杜蓮笑道：「你也不必再拖延時間，還有那三位鷹犬是救不了你的。冷血已爲司馬荒墳所擒，無情只怕現在也給歐陽谷主和冷柳平超度了。有『人在千里，槍在眼前』的『長臂金猿』獨孤威出馬，鐵手也沒多少好戲可瞧了。」

追命一聲怒吼，道：「那妳先給我倒下。」這句話只有七個字，在七個字裡他已攻了七十一招。杜蓮一口氣喘得下來，但話是回不上了。

追命正欲全力追擊，但肩胛處傷口一陣痛，腰際也一陣痠，腿勢一緩，杜蓮的毒蓮花已吐了過來。

追命手一翻，已扣住毒蓮花梗。

然後他就覺得手心一麻。

毒蓮花的莖梗上，都裝嵌著細密的倒刺。

追命大怒，全身而起，拚命一擊，側飛踢出！

追命這一擊，力道萬鈞，勢若驚雷，武林中的流寇巨盜，喪在這一招之下，已不知凡幾。

追命這一招展出，杜蓮臉色就變了！

她也沒有把握接得下這一招。

可是在這剎那間，追命在半空的身子一震。在這一震之間，這完美無瑕的一擊，顯然露出了一點空隙。

杜蓮的毒蓮花立時「錚」地一聲，一枚藍汪汪的東西就打入了追命的右脅，然後立即全速疾退！

追命的身子在半空翻倒下來，只說了一句話，便仆倒在地上。

「要不是關老爺子那一掌，妳逃不過我這一腿……」

離歐陽谷有三十八里的一個驛站，無情的轎子就停在那裡，一面吃著他所攜帶的乾糧，心中很多感觸。

他覺得這兒四面都是埋伏，而他的兄弟，冷血、鐵手、追命等都不知下落。

他彷彿可以感覺到他們也正在遭到不幸。

他對面是一家棺材店，裡面冷冷清清的，沒有夥計也沒有顧客。

可是無情知道，不久以後這家棺材店的生意就會很好。

因爲這兒馬上就要死人了。

死的可能是突襲者，也可能是無情自己，更可能是這家棺材店的老闆。

因爲棺材店的老闆易容術雖是天衣無縫，但無情十餘年來闖蕩江湖，仍使他一眼就感覺到，這人絕對不是一個普普通通的棺材店老闆。

而且更令無情手心出汗的是，平常一個敵手的武功份量，他在第一眼中至少可以估量出七、八分來。

但對這人，他竟無法估計對方的身分、實力和手段。

完全無法估計。

無情暗暗歎息了一聲，催動轎輪，筆直向棺材店行去。

（既然對方已經在等了，逃也沒用，乾脆接戰吧。）

就在這時，有一個高大臂長的人，從一間茅居裡把一個跛子扯出來。

那高大的長臂人，身材臃腫，行動似十分不便，但力大無窮，被他揪住的跛子一面罵道：「你……你講不講理的！我欠你的租，我就還你，你幹嗎就打人！你……你懂王法不懂？」

兩人扭扭扯扯，就纏到無情的轎前來了。

另外兩個人，一個文士打扮，一個似是江湖賣藥者，手提大關刀，走過來勸解。

這四個人看來還是同一村子裡的人，彼此還是十分相熟的。

（事情當然沒那麼簡單。既然他們先找上來，那我就姑且看他們演這一齣戲，再出手吧。）

這四個人衣襟已觸及轎沿，那個手提關刀的老者喝道：「不要再打了，再打會砸壞別人的轎子。」

那文士也勸道：「阿威！你不能再欺負老伯了。」

那長臂及痴腫的身段，使他騰挪很不便利，轉過手就想推開轎子，一面喝道：「關你們屁事！」

關刀老者一提關刀，怒叱道：「你敢動人家我就砍了你的脖子！」說著一刀劈下！

刀勢中途，忽改劈入轎中。

（果然出手了！）

關刀長，刀勁大，似乎要把轎子分劈為二。

但是轎前的兩支木槓也不短，關刀觸及轎子時，槓木也離那老者的身子不遠。

不遠得只差兩尺。

而在那刹間，槓木的尖端彈出兩柄利刃。

三尺長的利刃。

利刃全刺入老者的腹中。

關刀半空停下，老者怒叱一聲：「無情——」

只聽無情冷冷地說道：「一刀斷魂胡飛，鐵手追捕你已久，我代他殺你，也是一樣。」

胡飛頹然倒下。同時間，文士、長臂人、跛足人都出了手。

文士手一揚，手中飛出十三點星光。

跛足人卻是身法比誰都快，閃電般一晃，已轉到轎後，他手中寒芒一露，直盯死後轎。

三個人出手中，卻以長臂人最快。

長臂人身材痴肥，但一伸手，已在半空接住一柄扔來的金槍，回手一搠，已刺入轎中。

這一抄一扎，竟比那十三點暗器還要先到。

連無情也只來得及看到金光一閃，槍尖已破臉而至。

（竟是常山九幽神君的二弟子：『人在千里，槍在眼前』的『長臂金猿』獨孤威！』）

在這刹那間，連轎中的前閘也來不及落下。

鐵閘最多只能封住暗器，但槍已入轎中。

任何鐵閘，也封不斷這一擊。

無情沒有封，也沒有閃躲，衣袖一長，一道刀光閃電般劈出。

飛刀直取獨孤威心口。

獨孤威要殺無情，他自己就一定死在刀下！

獨孤威怒喝，回槍一點，激開飛刀，人倒退、拖長槍、居左而立。

一聲不中，立時身退，待機而發，方是名家風範。

那文士十三點寒芒，正打入轎中，轎前的一串珠簾，忽然「簌簌」激盪！

十三點寒芒連珠簾都打不進去。

那文士正是曾在鐵手與追命手下逃生的郭彬。

郭彬不像獨孤威，一擊不成，卻再鼓其勇，衝入轎中。

因為他知道，「武林四大名捕」中的無情，武功內力幾乎不如一個普通人，只有暗器輕功才是有過人之長。

轎裡狹窄，只要他衝得入轎裡，無情的暗器和輕功都沒了用處，他就可以有把握制得住無情。

只要制得住無情，他就可以以無情作餌，脅殺鐵手，以雪前仇了！

郭彬衝入了轎中。

在同一時間，無情要應付獨孤威的金槍，轎背的跛足人及郭彬的十三點寒芒，看來似已無及阻止郭彬趁隙衝入轎中。

這時，轎頂一掀，白衣無情，長空沖出！

郭彬衝入轎中，轎門閘立下，裡面一陣弓弩之聲，然後便是一聲悶哼。

無情冷笑，疾向轎子落下。

就在這時，後面的跛子已經發動了！

「颼」地寒芒一閃，直劈無情背後。

無情立時警覺，人未返身，已射出三道精光，人加速向轎中落下。

三道精光並不是打那裡，而是打在寒芒上！

「叮！叮！叮！」三聲，寒芒一震，居然還是飛了過來。

無情白衣上猛然殷紅一片，但已落入轎中。

寒芒「赫」地拐了一個彎，又飛回「跛子」手裡。

跟著「赫」地一聲，轎前鐵閘上昇，「蹦」地一聲，郭彬的身子倒彈出來，全身中無數暗器，活像刺蝟一般密集。

然後是無情的一陣咳嗽，好一會兒才輕輕道：「冷柳平？」

那轎後的「跛子」冷冷哼了一聲，一直沒有走到轎前來。

無情淡淡地：「苗疆第一快刀，名不虛傳。」

冷柳平臉色陣紅陣白，沒有作聲。

無情又道：「你知道我爲什麼會捱了一刀嗎？」

冷柳平咬了咬口唇，終於忍不住道：「你說！」

無情哈哈笑道：「倒不是你刀快，而是因爲我不相信連冷柳平也發冷刀！」

冷柳平臉色大變，手中握著鐵環，手筋根根突露。

無情笑聲一歇道：「只怕我們已不用在轎外公平決一勝負了。」

冷柳平臉色鐵青，倒是「長臂金猿」獨孤威看了看冷柳平，不禁問道：「爲什麼？」

無情笑道：「因爲我不喜歡。」

跟著又接道：「我不喜歡和背後發暗器的人比武。」

獨孤威臉色一沉，道：「無情，你現在是什麼處境，可有想到？」

無情淡淡地道：「我受傷了，而且我給包圍了。」

獨孤威笑道：「你被什麼人包圍了，你可知道？」

無情道：「『人在千里，槍在眼前』的獨孤威、『無刀叟』冷柳平，以及那丟槍給你的高手——已死的胡飛和郭彬不算，以及我還沒有發現的人不計在內。」

獨孤威一哂道：「不錯。就算只有我和冷兄聯手，你今日還有生機嗎？」

無情平靜地道：「勝算甚微。」

獨孤威道：「很好。你如想死得不那麼慘，還是少開罪冷兄幾句。」

無情道：「多謝奉勸。」

冷柳平一直沒有踱到轎前來，這時卻忽然大聲道：「無情，今天的事我不管的，就到此為止，今天若你能生還，我再與你作一公平決戰！」

四　欠情先還情

冷柳平話一說完，回頭大步而去，再也沒有望過轎子一眼。

獨孤威叫道：「冷兄，冷兄！」

無情道：「冷柳平是一條好漢！」

獨孤威回頭冷笑道：「三言兩語就把『無刀叟』激走，這點我著實也佩服得緊。」又接著道：「倒是有一事要請教。」

無情道：「你問吧。」

獨孤威道：「你怎麼知道我們是演一齣戲？」

無情一笑道：「因爲冷柳平的聲音昨天我聽過，他改變了他的形貌，卻沒有改變他的聲音。」

獨孤威恍然說道：「哦，這就難怪了。」

忽聽一人笑道：「無情兄，你既記得冷柳平聲音，想必還記得在下聲音吧？」

無情笑道：「歐陽谷主麼？傷口不痛了吧？谷主的語音，在下可是永誌難忘。」

歐陽大搖著摺扇悠閒地踱了出來，在轎子右邊站住，他肩上包紮著一團沾血的白布，笑道：「看來比無情兄今天所受冷兄那一刀還輕一些。」

無情苦笑道：「看來也確實如此。」

獨孤威忽然插口說道：「既然無情兄受傷……」

歐陽大接道：「我們就不該辜負天賜良機——」

獨孤威道：「所以對不住無情公子的事也要做一次了。」

歐陽大疾聲道：「無情捕爺就指教在下的『陰陽神扇』吧！」說著摺扇一展，竟是白底黑字的「逆我者亡」四字，平推而出。

一股無極的罡氣，竟自扇面滾滾送出，直襲轎子的右邊。

同時間，獨孤威長臂一展，霹靂一聲，長槍直戳轎子左面。

這兩股奇力一左一右，夾擊而來，就算轎子是精鋼打成的，只怕也得被夾碎！

他們迫無情出轎而不成，又懼轎子的機關暗器，所以立志要粉碎這頂轎子。

無情的轎子忽然往前衝出。

前面就是棺材店。

無情的轎子衝入棺材店。

歐陽大與獨孤威一招擊空，幾乎互撞一起，連忙收招，反截住轎車退路。

這時轎子迎面竟衝出一個人，大喊道：「無情，你看我是誰！」

這瞬息間情勢急亂，無情催動轎車躲過歐陽大的「陰陽神扇」及獨孤威的「雷霆急槍」合擊後，甫衝入棺材店，無情的注意力立時集中在那棺材店老闆的身上。

事屢急變，棺材店老闆居然臉不改容。正在這時，隨著那一聲大喝，一個人就劈面出現了。

無情一呆，手上轎前的二十三道機關，一道也發不出去。

因爲那人正是冷血。

冷血疾衝了過來。

在這電光火石的一刹那，無情還沒弄清楚是怎麼回事，可是他知道，他的暗器絕不能打在自己情同手足的師弟身上。

就在他一失措間，冷血已衝入轎中。

無情伸手欲接，猛見冷血脅下多出了兩隻手。

又白又細，畸形的小手，閃電般點向無情身上兩處大穴。

發現時，冷血已貼面而至，誰也不會想到冷血的背後還附貼著一個人！

這一下任誰也避不開去，何況是沒有武功的無情！

在這急電般的刹那間，無情突地長嘯，身形沖天而出，險險躲過兩隻手。

他長空而起，半空鷂子翻身，落在一副棺材的旁邊。

他沒有搶登回轎。

因爲他離轎而出時，並沒有扭動機關，當然是因爲冷血也在其中之故。

可是他這一離轎，別人便不會再讓他有回到轎中的機會了。

既知拿不起，便要放得下，絕不拖泥帶水，這也是高手的作風。

他感覺憤怒，他覺得悲哀。

因爲他是一個沒有腿的人，要對付這許多如狼似虎，七手八臂的高手。

歐陽大搖著摺扇，獨孤威拖著長槍慢條斯理的踱進來，一左一右的站在轎旁，眼瞇瞇的笑著，看著無情。

無情道：「土行孫！」

轎裡的人笑道：「好眼力！是我孫不恭。」說著，一人揭開珠簾，臉如土色，雙手白得像魚肚，兩綹鼠鬚，卻是個侏儒。「你的轎子佈置得還不錯嘛，活像座行宮。」

無情目中殺氣一閃，欲言又止，獨孤威笑道：「若冷柳平知你已出轎，只怕一定會倒回頭與你一決死戰了。」

無情不良於行，內力又不濟，只好依棺材而斜靠著。

歐陽大笑道：「無情兄要不回轎，站著倒是辛苦。」

無情冷笑，厲聲道：「土行孫！你把冷血怎麼了？」

孫不恭笑道：「怎麼了？他獨自來追我們，被我在土中冒出雙手擒住了。」

無情左脅衣襟已是一片殷紅，身子似因傷痛而微顫著。

獨孤威看在眼裡，冷笑道：「土行孫，你也太擔待了吧，擒住冷血的，還有我這桿金槍哩。」

忽然一個乾啞難聽的聲音，不知從何處傳來：「還有我這一雙銅鈸，你們別獨佔鰲頭！」

話一說完，無情背後之棺材「砰蓬」打開，一殭屍般的身形迅速閃出，黃光一閃，雙鈸已夾住無情雙臂。

這人尚站在棺材邊沿，身材又瘦又高，卻彎腰觸地，雙鈸打後面把無情雙臂夾得動彈不得。

無情目眥盡裂，怒聲叱喝道：「司馬荒墳——」

歐陽大緩步而前，搖著摺扇笑道：「無情兄，你可以死而瞑目矣，這次你驚動的，有苗疆冷柳平、十二連環塢的司馬先生、常山九幽神君的二位高足孫兄和獨孤威老弟，還有我這小小的歐陽谷主，吾兄可謂勞師動眾了……哈……哈哈哈……」

獨孤威也擔起金槍，一步一步向無情走過去，一面笑道：「『武林四大名捕』……嘖嘖……現在追命只怕已死於杜蓮之手，而你又——」

土行孫在轎裡一扳，抓住冷血往地上一摔道：「還有這一位冷血老弟，我們既已迫出無情，你的利用價值也完了。」說著五指箕張，其硬如鋼，直扣下去。

冷血眼睛雖然睜大，可是似穴道被封，全不能動。

無情受制於司馬荒墳，更加不必想移動分毫了。

冷血的眼睛睜得很大，卻絲毫不見害怕。

土行孫那一抓使到一半，看見冷血這樣子，反而奇怪起來了，於是問道：「你不怕死？」

冷血仍是望著土行孫的身後，土行孫一凜，回身望去，忽然一人如狂飆衝近，在土行孫還沒有來得及有任何行動前已抱起了他，用力一扔！

土行孫短小身子直給甩了出去，撞向獨孤威。

獨孤威怒叱接住，一大一小兩道身軀，竟被撞出七、八步！同時間那人已掠了過去，衝向司馬荒墳！急變遽來，司馬荒墳只好抽鈸回身，應付來敵！

歐陽大摺扇一揚，已迎擊來人。

那人衝向司馬荒墳，半途卻一折，一腳踩在棺材的另一端上。

這一腳力道極為沉重，棺材被踢得一邊翹起，司馬荒墳人正回身，不料腳下一斜，竟失足跌落棺材內。

那人出手如電，已把棺材蓋蓋住。

歐陽大摺扇已戳向那人。

正在這時，精光一閃，直奪歐陽大。

歐陽大摺扇一闔，一拍而退，格飛一柄利刃！

發暗器的人當然是無情！

那人一闔上棺蓋，一拳就打下去。

木質堅實的一具上好棺材蓋，竟給他一拳打了個大洞，那人的手已像鋼箍一般扣住司馬荒墳的咽喉！

司馬荒墳武功本來極高，但一上來就倉促失足，跌落棺中，一身武功，無法旋展，待要衝出時棺蓋已罩了下來，正圖掙扎時，棺木碎裂，木屑刺得一口一臉都是，血漬斑斑，但咽喉已被人捏住，縱有百變之能，也肉在砧上。

獨孤威怒吼，摔開土行孫，正待衝過來，忽然心中一凜，停下步來，因爲一個少年已緩緩的站了起來，冷冷的盯著他。

這人便是冷血，他手上已沒有劍，卻抓住一柄適才無情射向歐陽大的長刀，盯著獨孤威的喉嚨。

獨孤威彷彿感覺得到自己喉頭的皮膚已冒起疙瘩了。

無情冷冷的盯著歐陽大，歐陽大站離無情十步之遙，也不敢造次。

然後只聽無情靜靜地道：「二師弟，多虧了你。」

那人正是鐵手，「武林四大名捕」之二，神手無敵，內力深厚的鐵手。

也正是那棺材店的老闆。

他的手仍握著司馬荒墳的咽喉，笑道：「我一直等待最好的時機。」他望著無情左脅的傷處。

無情淡淡地道：「我知道，我們都不怪你。我的傷，不礙事，你放心！」

鐵手這待機而發，乃掌握得千鈞一髮，卻是天衣無縫；先行擲出土行孫，撞開獨孤威，使他長槍無法觸及無情，又引開了歐陽大，再以棺材制住司馬荒墳，使無情能夠及時對付歐陽大，還在閃電般的光景內，解了冷血的穴道，以阻獨孤威等人的反擊。

這幾下動作，一氣呵成，而且無懈可擊。

現下無情與歐陽大對峙著，鐵手控制住司馬荒墳，冷血盯實了獨孤威，土行孫被獨孤威撞到棺材店的一個角落裡去。

歐陽大眼睛仍然注視著無情，卻道：「是鐵手？」

鐵手笑道：「正是。」

歐陽大道：「好武功。」

鐵手道：「不敢。不過只要你一出手，我就可以保證你一點。」

鐵陽大道：「那一點？」

鐵手道：「你一出手，司馬荒墳便是死人。」

歐陽大鐵青著臉，道：「哦？」

鐵手笑道：「我本也不想司馬先生死，我想逮他歸案。可是，你一出手，我就得相助無情大師兄，我不能由你去對付受傷的大師兄。所以，司馬先生那時只好認命了。」

歐陽大的臉色變了數次，始終沒有出手。

歐陽大確實看出了無情的傷口正在流血，若要攻殺無情，這便是絕妙時機，何況無情已離轎。

可是鐵手在短短幾句話間，便把一個燙手山芋扔了給他：他要是出手，等於先殺了司馬荒墳，而他自己能不能一舉而搏殺無情，還是個未知數。

歐陽大沒有出手，獨孤威也不敢先出手。

無情淡淡道：「二師弟，你的易容術又精進不少了；我居然把你認作是敵人。」

鐵手笑道：「也許我天生就比較適合開棺材店吧。」說著又向司馬荒墳笑了笑。

司馬荒墳氣炸了臉，卻不敢動彈。他一生專在有關死人的事物，如幡旗、荒墳、棺材中給敵手淬然一擊，而今卻給鐵手以彼制彼，脅於棺材之內，絲毫不能動彈，心中也不知是什麼滋味。

冷血盯著獨孤威冷冷地道：「除了薛狐悲、武勝東、武勝西、關老爺子、張虛傲、莫三給給、西門公子七人已歿外，你們剩下的六個就是：獨孤威、土行孫、歐陽谷主、司馬荒墳、冷柳平、以及杜蓮了？」

獨孤威給他盯了一會，臉色通紫，怒道：「你問什麼？你在迫供？你憑什麼要我告訴你？」

冷血道：「在十里荒墳你暗算的一槍，可惜沒刺準！」

獨孤威目光收縮，道：「今天我眼力較好，昨天太晚看不太清楚。」

冷血道：「對，今天誰也可以看得準一些，也看得公平一些。」

兩人說著，槍尖與刀尖都抬了起來。

忽然「砰」地一聲，棺材飛起！

鐵手唬了一跳，地上忽然冒出一雙手，閃電般扣向自己雙踝！

鐵手只有躍起，棺材已斜飛而起！

棺材未到地，司馬荒墳已跳了出來，狂吼一聲，亮起雙鈸，直砸鐵手的左右太陽穴！

棺材當然不會自動飛起來，再說司馬荒墳也沒有這種功力。

棺材是被人自地上冒出來，一頭頂飛的。

冒出來的人當然是土行孫孫不恭。

他冒出來當然不止頭而已，還有一雙手。手就抓向鐵手。

冷血就是被他這一抓而受制的。

可是棺材飛起時，鐵手心中一驚，也一亮：他後悔不該忘了土行孫。

他雖扔出土行孫，但未及時封他穴道，土行孫在九幽老鬼的座下，名列前茅，身分地位尚在獨孤威之上，怎會一無所長呢！

其實土行孫也並沒有什麼特殊功力，但有一個特點，他就像穿山甲一般，可以遁土，也可以破土而出的。

獨孤威一推開他時，他就從棺材的一角土地竄了進去，再頂飛棺材，突襲鐵手！

可幸鐵手及時省覺，也及時躍開。

可是司馬荒墳也被救走了。

就在土行孫破土而出的剎那間，無情忽然雙手一揚，十七、八點烏光向歐陽大射到。

歐陽大一凜，拍、點、碰、擋，把暗器砸飛，無情卻雙手往地上一拍，直掠入轎中。

歐陽大待要阻止，已經遲了。

這時有兩件事情正同時發生：一個女子正出現店門，司馬荒墳正攻向鐵手。

猛聽歐陽大一聲暴喝：「統統給我住手！」

這一叱喝之後，全店都靜下來。

只聽一個嬌滴嘀的聲音道：「唷，怎麼姑娘我一來，大家就這麼客氣呢？」

鐵手、無情、冷血轉頭望去，臉色都變了。

這女子右手執一朵蓮花形狀可軟可硬的兵器，左手卻扶著一個不省人事的青年漢子。

鐵手怒道：「妳就是毒蓮花杜蓮？」

杜蓮笑道：「正是姑娘。」

冷血道：「妳把追命怎麼了？」

杜蓮笑道：「那就要看你怎麼了？」

歐陽大哈哈大笑道：「杜香主，幹得好，幹得好！」

遂又回頭向諸人道：「好！追命的性命就在我們手中。你們要救他，今晚上到俶谷去，無渡潭處便可見到。過了今晚，可難保死活。」

說著大步而走出店去。

杜蓮嬌笑一聲，示威似的環場一顧，也跟著去了。司馬荒墳、土行孫、獨孤威等人一怔，也悻悻然尾隨而去。

冷血眉一揚，肩一聳，正待追出，鐵手一閃身，已挽住冷血，小聲說道：「不可。」

歐陽大走出店外，司馬荒墳等已追上，杜蓮不解道：「我說呀大當家的，現在局勢是以五對三，以二對一，況且他們有人在我們手上作活靶子，幹嗎不打這一仗呢？」

歐陽大搖頭笑笑。

司馬荒墳頓足怒道：「歐陽當家的，今日你一定要跟我講個明白，爲何不把握時機宰了他們？」

歐陽大一面前行，一面道：「在情勢上我們佔盡優勢，但你可有把握打勝鐵手？」

司馬荒墳呆了一呆，道：「單打獨鬥，很是難說；但加上孫老大，是可以把那兔崽子殺了。」

歐陽大道：「好。就算你和孫老大對付鐵手，獨孤老二對付冷血，而我和杜娘子未必就一定能攻得入無情那頂轎子。」

獨孤威道：「有道理是有道理，但也不能放棄這勝利的時機啊！我們至少有六、七成勝算啊！」

土行孫忽然道：「我看歐陽當家並非放棄時機，而是製造更大的時機。」

獨孤威道：「哦？」

歐陽大笑道：「不錯。孫老大深知我心。」回首向獨孤威等道：「莫忘了追命仍在我們手中，他們今晚一定來救，事急倉促，他們三人必全力以赴，且不及約請高手，只要他們來的是三個人，」歐陽大臉色陰森地笑了笑，接道：「單憑歐陽谷的機關行陣，就可以送掉他們兩條命。這是九成勝算的打法，難道你們捨九成而取七成？」

司馬荒墳不吭聲。孫不恭忽然道：「若是諸葛先生今夜趕來怎麼辦？」

歐陽大搖首笑道：「頭兒只怕已發動了，諸葛先生現在是自顧不暇。」

獨孤威道：「那歐陽谷的機關是不是如你所說那般厲害？」

土行孫冷笑道：「這點大可放心。」

司馬荒墳沒好氣的道：「爲什麼？」

土行孫道：「因爲歐陽谷本就是頭兒準備的退路，機關設計等都是由頭兒與家師親手佈置的。」

上行孫這麼一說，司馬荒墳等都靜下來。

頭兒的武功才智，驚世駭俗，自不必說；「九幽神君」的五行陣勢造詣，更是高絕。司馬荒墳等彷佛已眼見到無情、冷血、鐵手等在機關中哀號，呼救……

棺材店之外已經展示了一個入暮的天色，彩霞亂空，昏鴉四飛，歐陽大等人的身影漸次而遠，冷血道：「爲什麼不追？」在暮色中，他的聲音聽來又困乏又疲憊。鐵手失聲道：「你受傷了？」

冷血道：「他們把我當作餌，以迫大師兄出轎，他們認定我和大師兄都逃不掉，所以也沒難爲我。不過穴道被封了一夜，精神較困頓。」

無情道：「沒有受傷就好了。現在追命在他們手上，我們若現在就硬拚，無論如何，只怕三師弟先遭殃。」

冷血道：「可是你已受傷，我體力也受損耗，而我們得赴歐陽谷，你知道歐陽谷又叫什麼？」

無情道：「勾魂谷。」

冷血道：「遠在我們崛起之前，千里神鷹、端州名捕、軒轅天風，是怎麼死的，你還記得嗎？」

無情道：「軒轅老前輩為了追緝一朝廷叛賊，誤觸機關而身死的。」

冷血道：「他死在那裡？」

無情道：「就在歐陽谷。」

冷血道：「我們在那兒救二師兄，長途跋涉，勞累不堪，豈不等於送死？」

無情道：「誰說我們要在那兒才動手？」

鐵手接道：「不錯。剛才馬上追去，必與歐陽大等直接交手，恐殃及追命。可是現在——」

冷血動容道：「現在暗中追去，再伺機下手——」

鐵手笑道：「縱下不了手，至少也可以尾隨彼等通過機關重地，有個詳細的瞭解。」

冷血道：「那事不宜遲，必須馬上追蹤。」

鐵手道：「可是大師兄不便跟去，只好接應我們了。」

無情垂目看了看自己的腳，道：「我當然不能跟去，那我們就一路上以標記聯絡。」

鐵手一拱手道：「好，我們這就去，大師兄保重！」

離歐陽谷二十二里遠，歐陽大等人經過一陣奔馳之後，略作歇腳，「毒蓮花」杜蓮忽道：「歐陽谷主，你想把追命困在那裡？」

「陰陽神扇」歐陽大笑道：「無渡潭。只有這個地方，我們可以輕易使他們命喪潭底。」

杜蓮道：「你說無情他們是不是一定會來呢？」

歐陽大道：「這干自命道義之士，絕不會置追命的性命不顧的。」

杜蓮道：「既然無情、鐵手、冷血一定赴約，那追命倒不一定是要活著的了。」

歐陽大道：「妳是說——」

杜蓮鐵青著臉色道：「下手殺了，以絕後患。」

歐陽大道：「不行。」

杜蓮道：「爲什麼？」

歐陽大道：「如果追命是死人的話，無情等也非庸手，發現那只不過是一具屍體，只怕不肯捨命渡潭。」

土行孫接道：「況且，只怕現在我們對追命一動手，跟蹤的人，便會跟我們拚命了。」

獨孤威一怔道：「跟蹤的人？」

土行孫道：「不錯。無情、鐵手、冷血等之中一定有一、兩個人，跟了過來。」

獨孤威道：「爲何我聽不見。」

土行孫道：「他們的輕功很高，我也聽不見。」

隨後又接道：「但我猜得出。」

司馬荒墳冷哼道：「如果要殺，毋論是誰，也救他不來。」說著拇食二指凌空扣了扣！

杜蓮道：「不錯，司馬兄的『三丈凌空鎖喉指』，鐵手等再快阻攔也沒有用。

問題在要不要現在就殺。」

土行孫忽道：「只要一擊必殺，殺了追命，少了一個人，然後再把跟蹤的二人殺掉，那也是上策。」

司馬荒墳斜睨著歐陽大道：「那還可免動用歐陽谷的機關重地。」

歐陽大苦笑道：「也好，如果我再不贊同，只怕諸位會以爲我有貳心了。」

土行孫淡淡地道：「歐陽谷主言重了。頭兒視谷主如左右臂，並負責與我們聯繫，我們怎敢懷疑谷主呢？」說著向司馬荒墳唱個諾。

司馬荒墳十指發出如折裂乾柴般的異聲，正在這時，一人迅若蒼鷹，急勁驟落，卻點地無聲，凜然而立。獨孤威手一震，槍端翹起，土行孫卻疾道：「不可，是冷兄！」

冷柳平淡淡一笑，獨孤威慍道：「好啦，冷無刀，適才我們在棺材店裡拚個死活，你卻英雄得很，飄然離開，走得倒灑脫啊！」

剛才棺材店裡的一役，如果歐陽大這一方，除了土行孫、司馬荒墳、獨孤威、杜蓮、還多加一個冷柳平的話，那至少有九成的勝算，歐陽大他們早就發動了。

可是冷柳平卻被無情用話激走了。

冷柳平淡淡笑道：「某家這次來，是向諸位道個歉，請各位息怒的。」

「無刀叟」冷柳平性格僻戾，刀法登峰造極，極少禮下於人，而今公然道歉，獨孤威也有些訕訕然，不好逼人太甚。杜蓮笑道：「冷兄又何必多禮，不以多敵少，本是英豪本色，倒令我等慚愧了。」

語鋒仍帶譏嘲之意，冷柳平以性格孤僻暴躁稱著，但仍毫不動氣，靜靜地道：「我還要向諸位借一個人。」

歐陽大覺得有些蹊蹺，於是問道：「借人？」

冷柳平孤寂的臉上居然笑了，「借了，我若有命在，則一定還你。」

土行孫奇道：「借誰？」

冷柳平遙指道：「他。」

土行孫、歐陽大轉首望去，背後暮色蒼茫，烏雲暗湧，沉寂無人，那有人影？

猛地急風遽起，冷柳平飛掠而起，手中寒芒一閃，雙手一推，右打獨孤威，左攻杜蓮。

杜蓮不及提毒蓮花相抗，左掌急起，豈料冷柳平一掌三招，一招三式，等於一連發了廿七招，杜蓮接得廿七招，已被迫退七步。

冷柳平右手寒芒直奪獨孤威咽喉，獨孤威槍長，不及招架，急一伏著，冷柳平一提腳踢飛他背上的追命。

司馬荒墳臉色大變，叱道：「冷柳平，你找死！」「三丈凌空鎖喉指」扣出，兩道尖銳的風聲夾向冷柳平的咽喉。

冷柳平一刀削去，獨孤威低頭避過，冷柳平飛腿踢人，左手仍迫退了杜蓮，只不過剎那間的事，同時間，手中寒芒大盛，離手飛出。

寒芒截向指風！

苗疆第一快刀對三丈凌空鎖喉指！

冷柳平手一抬，已接住追命，「波波」二聲，指風被切斷，寒芒也被激飛，冷柳平長空掠起，避過歐陽大一扇，半空已收回寒芒，飛掠而去。

土行孫大喝，閃電抓向冷柳平雙腿！

冷柳平忽然大呼：「追命的命，你們不要？」

八個字一出，驀然一棵槐樹上，飛出一個人，兩隻鐵拳，直擂向土行孫的兩隻手腕！

土行孫只好縮手。他的手忽然抓到了那人的胸前。

那人招式一變，雙拳已攻擂向土行孫雙脅。

這是兩敗俱傷的打法！

土行孫不想拚命，只好急退。

那人返身就跑！

歐陽大怒叱，半空而起，摺扇點向那人太陽穴！

倏地斜裡冷光一閃，直奪自己咽喉。

歐陽大顧不得傷人，摺扇一迴一張，「嗤」地一聲，劍刺在扇上。

劍居然未能透扇而過！

但歐陽大也被迫退了下來。

這使劍的人也回頭就跑。

杜蓮和獨孤威兩人一聲大喝：「著！」「打！」

杜蓮手中毒蓮花噴出藍芒數十點，獨孤威長槍搠出。

只見兩人身法一陣急變，仍迅若飛鳥，瞬間不見。

司馬荒墳等再想追，已然不及。

歐陽大臉色漲得赤紅，恨聲道：「冷──柳──平──這叛徒！」

獨孤威望向冷柳平消失的方向，喃喃地道：「原來冷柳平已投靠了諸葛先生──他們是一夥的！」

土行孫蹙眉道：「不可能的。他們看來也不像！」

杜蓮道：「究竟後來出現的兩人是誰？武功好高啊。」

歐陽大瞪了她一眼，道：「第一人身法雖快，我還是認得出來，他是鐵手！」

獨孤威道：「第二個人我也看得仔細，是冷血！」

杜蓮走過去，把自己所發的暗器一一收拾起來，沉思了一會兒，抬頭道：「我們追去。」

歐陽大道：「追得到嗎？」

杜蓮道：「適才我一共發出廿三件暗器，其中有一件是中途自動爆開，射出三件小暗器，故真正數目是廿六件暗器。」

然後她抬了抬在手掌中細如牛毛的暗器，接道：「現在地上只有廿五件暗器，那三件絕小的暗器，少了一件。剛才暗器是打向鐵手的，鐵手只用身法閃躲，並沒有接。」

土行孫道：「妳的意思是說，鐵手中了妳的暗器了？」

司馬荒墳道：「就算命中了，這麼小的暗器，對他來說只怕……」

杜蓮臉色一沉，冷冷地道：「司馬先生，你可知道『黃河鏢局』一家四十二口是怎麼死的？」

司馬荒墳給她一睨，心中倒是有些不自在，強笑道：「敢問？」

杜蓮拈出左掌心一根細小的針，冷峻地道：「我用這樣的一根針，扔進了他們的水井之中，他們就這樣了。」

然後用手指屈起來屈伸成一個「四」，一個「二」字，接道：「四十二條性命。」

司馬荒墳生平嗜殺好鬥，看到杜蓮的神色陰霾，也不禁心中暗驚。

只聽杜蓮續道：「我殺他們，因爲黃河鏢局局長黃七海曾經說過：杜蓮的毒蓮花我才不怕！」

杜蓮開始的一番話乃是證實她手中暗器之毒，末了這一句話，倒是針對司馬荒墳而發了。

歐陽大忙笑道：「幸得杜姑娘發射暗器，我們追鐵手去吧。」

獨孤威冷笑道：「不錯！」

然後慢條斯理的把槍倒拖回來，施施然的道：「他們走不遠的。」只見雪亮的槍尖，沾有血珠。

土行孫道：「你刺向誰？」

獨孤威：「冷血！」

冷血。

鐵手一面急馳，一面看著冷血，猛地停下來，扶住冷血急道：「你受傷了？」

冷血道：「沒有哇。」

鐵手詫道：「那你身上的血？」

冷血笑道：「我前晚在追捕司馬荒墳時，曾領教過獨孤威的長槍。」

說著自懷裡掏出一口破了的布包，布上都沾滿了血，一面道：「我剛才捏破了布囊，在他槍尖上灑了點血，豬血。」

鐵手不禁莞爾道：「也難爲你有這分閒心。」

冷血分辯道：「倒不是閒心。我要他們以爲我們受傷，全力追捕我們，我們就到處灑血，帶他們兜圈子，一面找冷柳平，這樣在後頭的大師兄才不會遇上這批煞星。」

停了停，目中殺氣突熾，接道：「況且，他們以爲我們受傷，戒備必弛，我們便可趁機殺之。」

鐵手深深地向冷血注視了一會，大笑道：「四師弟，你進步一日千里，爲兄愧不能及。」

冷血正想否認，忽然全身一僵，向鐵手道：「你中了毒蓮花的暗器了。」

鐵手回目望向自己的左臂骨處，正插了一枚綠湖碧水色的小針，只見他勁運注臂，細針立時震出，落於道旁，道旁的草竟枯黃了一小撮。鐵手咋舌道：「好毒的暗器。」

冷血疑惑地道：「究竟你有無中毒的現象？」

鐵手大笑，手指雙臂，笑道：「四師弟，你知道我外號叫做什麼來著？」

冷血也不禁笑道：「雙臂如銅，無毒能侵，斷金碎石，是爲鐵手。」

鐵手傲然道：「她的暗器射在我手上，再毒十倍，也不濟事——」聲音一轉，歎道：「這暗器——幸虧也只是射在我的手上，要是——」

冷血道：「要是暗器射向我，只怕我現在已是死人了，我又沒有二師兄您的鐵手。」

鐵手笑道：「要是獨孤威那一槍是刺向我，我又沒有應付他霸王槍的經驗——只怕遭遇也不會比你捱毒蓮花的暗器好上多少！」

說著身形一動，道：「我們還是繼續奔馳吧，歐陽大等要追上來了。」

冷血力追而去，一面道：「二師兄，你說冷柳平救三師兄，是什麼用意？」

鐵手道：「我也不知道是什麼原因。據我所知，三師弟和冷柳平素無接觸，這次救他，未必是好意。」

冷血道：「現在也不知在何處找冷柳平了！」

鐵手道：「有一點可以肯定的是，三師弟落在冷柳平手上，至少會比留在歐陽大等人手上來得好。」

冷血道：「可惜我們不知道冷柳平目的為何？」

鐵手道：「冷柳平還曾暗狙過大師兄哩！」

冷血道：「看來冷柳平必不會走回頭路而撞上大師兄的，我們這邊追去，可能是冷柳平的路向，另一方面，也可以避免追我們的人，會遇上大師兄。」

鐵手喃喃地道：「大師兄才智雙絕，機警敏捷，只惜身體不好，雙腿被廢，不免會吃上許多暗虧。」

不但無情是才智雙絕的高手，就算鐵手和冷血，亦一樣文武雙全。

他們全力奔馳，追了很久，卻依然追不到冷柳平的蹤影，等他們發覺不對勁時——冷柳平已截上了無情。

無情倏地一聲暴喝：「什麼人？」

他在轎中，兩隻手已扣住轎內二十四道機鈕，隨時手勁一催，暗器立發，三十步之內，連一隻蒼蠅也休想飛得過。

他之所以這麼緊張，是因爲知道來者必然是個高手。

他一路上追蹤鐵手與冷血留下的暗記，到了這松林間，就聽到松林有一陣急速的腳步聲，下足很輕，奔馳得很快。

無情一聽到這步聲，轎子立即就停了，而來人也立即發覺了，也立刻止步，變得完全沒有一點聲息。

接著下來，便是數十丈外樹梢微微一響，再跟著下來，是七、八丈外的松枝輕輕一晃。

無情再也不能讓來人繼續迫近，但他不想濫殺無辜。

他的暗器一發出去，連自己也沒有能力控制生死。

對方能接得下來，則是他死，對方如接不下來，他也挽救無及。

只聽東南邊十八步開外的一株老松上有人道：「好耳力。」聲音平板，不帶絲毫情感。無情目光收縮，道：「冷柳平。」

一人飄然而下，落下無聲，目光如兩片寒芒，盯著鐵黑色的轎子道：「我給你送禮來了。」

無情道：「哦？」

冷柳平猛地一聲暴喝：「給你！」「砰」一掌拍在松樹幹上，樹幹大晃，一人高空落下，跌在轎子旁！

這人穴道被封，而且身受重傷，這一從高處跌下，更痛得入心入脾，但仍咬緊牙關，不吭一聲。

只聽轎子裡的人抖索一聲，似受了不小的震驚，好一會才傳來無情的聲音，聽來彷彿很鎮定：「三師弟。」

地上的追命，強笑了笑，道：「大師兄。」

轎子裡良久沒有聲音，好一會兒才道：「是我害了你。」

追命笑道：「怎麼見得？」

無情道：「我本不該使你獨自回去，也不該讓冷血獨自追敵，結果，你們都受苦了。」

追命大笑，傷口迸裂，但臉不改容，「留得青山在，不怕沒柴燒！」

語音一震，道：「大師兄，個人死生有何足道，記住，二師兄、四師弟，以及京城裡無數性命，萬民蒼生，那我就安心了。」

言下之意，是要無情不要爲了他，而接受冷柳平的無理威脅。

無情沉默良久，舒了一口氣，平靜地道：「我曉得。」

又隔了半晌，沒有人說話。

然後無情道：「冷兄。」

冷柳平冷冷地道：「不敢。」

無情道：「敢問冷兄——」

冷柳平截道：「我救追命出來，別無所求，只求你出轎來，我們決一死戰。」

無情一陣錯愕，道：「這——」

冷柳平一哂道：「別以爲我冷柳平是忘恩負義，貪生怕死之輩！」他漲紅了臉，青筋凸露，好不容易才道：「昨天在三歇腳中一役，承蒙手下留情，又不戳穿，某家心領就是。」

——清晨，小鎮中，棺材店前，跛子與肥漢的糾纏。

——跛子就是冷柳平，肥漢就是獨孤威。

——他們驟然發動，還有郭彬與胡飛兩人。

——郭彬發出了暗器，衝入了轎子，還是一樣死。

——可是無情沖天而起時，冷柳平就發動了。

——無情雖發出暗器震開寒芒，但仍爲寒芒所傷。

而這一段經歷，在冷柳平來說，不單一點也不得意，而且是恥辱；這是平生最見不得人的一件事。他生性涼薄，只因他幼年全家在苗疆遭殺，仇人見他稟賦好，抓他回寨，施以各種虐待，他艱苦求生，暗自苦練絕技，一面以忠誠與血汗換得仇家信任，得以生存。

等到他長大了，武功練成了，他殺盡仇人的親友，然後把仇人追殺八百里，趕到大漠之中，在親死朋喪的絕境，活生生在沙漠中渴死。

冷柳平眼見仇家咽了最後一口氣，才剝其皮割其頭顱，回到苗疆，獨行獨往，殺人如麻。

到最後遇到苗疆「七澤死神」霍桐的迫害，冷柳平刀法造詣不及之，遠入中原，遇頭兒，答應一切條件，換得「無刀一擊」的絕技，大敗霍桐，揚威七海。

——可是他深深記得，昨日午陽下，他扮作麻子，歐陽大扮作賣燒餅的，在「三歇腳」中，對無情施突襲！

——他不信破不了轎子，於是伸手要扳，不料雙箭急至令他沒有躲避的餘地。

——一根飛箭給歐陽大接去，但另一根，他根本接不住，只好用鐵環砸開！

——以箭之勁道，他又倉促迴環，斷斷格不開強矢，不料一格之下箭即落地。

——這一箭也等於是說，轎中的無情只用了前力，潛力卻是免去不用，所以箭到半途，才沒有力，就算射中了人，也只傷不死。

——也就是說，無情根本無意要殺他。

——而他卻兩度暗算無情，而且在無情饒了他一命後，還殺傷了無情，而無情始終還沒有揭破他這件事。

——無情真的無情？

——他不知道，可是他寧死也不願意作一個縮頭烏龜的冷柳平！

無情目中已有了笑意，乾咳一聲，道：「冷兄——」

冷柳平截斷道：「我受過頭兒恩，得過他真傳，絕不能做出對不起他的事。」

無情沉聲道：「我明白。」

冷柳平道：「所以我先還你的情，再要與你決一死戰。」

無情雙手往座上一按，已自轎子飄出，坐在松針密佈的地上，說道：「我出來了。」

冷柳平看著無情只能坐不能站的身軀，道：「我知道這並不公平，你原來就與轎子連結在一起，我要你出來後才決一死戰，因爲我知道，你若坐在轎子中，我沒有一成勝算！」

無情道：「轎子是外物，我覺得很公平，除非你看不起我這個廢了腿的人。」

冷柳平目中已流露出崇敬之色：「我點追命兄穴道，是因爲不想讓他參加這個戰團，讓我分心，也讓你分心。」

名家較量時，如果身邊有牽掛的人，總是件易分心的事！

因爲如果自己有敗跡，牽掛者必會加入戰團，令對方不利，又或者牽掛者加入戰團而遇危，更使自己應戰時不能專心。

何況追命還受了傷。

無情點點頭道：「我了解。」

冷柳平慢慢向後退了兩步，松針落下來，忽然松針越落越多，冷柳平衣襟漸漸鼓起。

無情垂目，一直在看著地上的枯松針，彷彿有隻青蟬伏在那邊似的，他似乎不肯移開目光。

冷柳平緩緩伸手向後，取出鐵環，動作緩慢、堅定、有力、而無懈可擊：「人說無情四絕，一絕是當年魯班座下首席大弟子魯志子後代製的轎子，一絕是暗器，另一絕是輕功，還有一絕是才智，我現在就來領教你的後三絕。」

無情仍是望著地下，聲音出奇的凝重，緩滯，「人說苗疆使刀最老練狠辣者，要算是『七澤死神』霍桐，可是霍桐敗在你『無刀一擊』下；人說苗疆刀法最快、而且沒有破綻、無堅不摧者，要算『一刀千里』莫三給給，但莫三給給對你的『無刀一擊』也心悅誠服——」

無情望著地上的枯萎松針，還用手去撩撥，彷彿真有些事物黏在上面似的，「老實說，要擊破你『無刀一擊』，我絲毫沒有把握，也因此，我的心情——你知道我的心情是怎樣嗎？」

冷柳平道：「怎樣？」

無情的聲音平靜得連一絲波動也沒有，「興奮！」

冷柳平目光收縮，一字一句地道：「廿五年來，你是第一個在與我比鬥之前，還感到興奮的人。」

無情道：「武藝是我們的事業，如果在一場盛大的比鬥前面沒有興奮與喜悅，那不能算是會武藝的人。」

停了一停，眼中有笑意，接著又道：「何況是對你，一位介於暗器與刀法的大行家。」

冷柳平忽道：「若此戰我倆不死，我交你這個朋友。」語音一頓，在說不盡的落寞，「我一生中，還沒真正的朋友。」

無情黯然道：「只可惜我們一出手，都無法控制對方的死活。」

冷柳平忽然道：「有一件事，要告訴你。」

無情道：「請說。」

冷柳平道：「等我說完那句話，我們就動手，否則只怕我們已不能動手。」

——他們兩人已開始惺惺相惜，再不動手，只怕動不了手了。

——但他們各事其主，立場不同，正邪必分，是非交手不可的。

——只是一旦交手，他們之中，只怕只有一人能活了。

山風吹來，松針落得更密。

山崖在冷柳平身後三十餘丈，山風自那兒急送。

山的那邊不知是什麼地方？

冷柳平大聲道：「不管你是生是死，追命一定是活的。」

——如果他能殺了無情，也可以回去交差，無愧以對頭兒了。

——他說出來，是消除無情的後顧之憂，以全力一搏的。

——無情當然知道。

——那是冷柳平決戰前的最後一句話了。

無情大聲道：「謝！」

這也是無情最後一句話。

「謝」字一出，無情比冷柳平先一步發動攻勢。

——雖然非戰不可，可是這「謝」字，仍如鯁骨在喉，不得不說。

——可是他沒有把握接得下「無刀一擊」，他只好搶攻。

——搶攻，把握所有的機會，以致對方無反攻之能！

◇◇◇◇◇◇◇

冷柳平無堅不摧的寒芒正待發出，無情的暗器卻已到了。

松針。

枯萎的松針為無情以彈指間的巧力激射，漫天花雨，直刺冷柳平。這「巧力」一如鄉野孩童用鐵釘果或撕茅草作「飛鏢」一般，只要發射得法，銳力一如高手發放利器。

冷柳平身子斜飛而起，松針落空！

松針落下，十三點精光已向冷柳平打到。

冷柳平急退，一退便是丈餘遠。

無情掠起，白鳥一般追去，左手一伸，一道白光，直打冷柳平胸腹。

冷柳平猛一吸氣，刀已及襟，但冷柳平胸腹一收，刀尖貼著冷柳平的胸襟，而冷柳平已開始倒飛。

這一倒飛，足足退了十餘丈，刀才告落下，他才站穩，陡地無情一聲大喝，「椎！」手中一線細鍊，鍊端一記流星鎚，直射過來！

冷柳平「鷂子翻身」，寒光一閃，切斷白鍊，突又「颼颼」數聲，八枚鐵蒺藜飛到。

冷柳平只好再退。

無情身形一起一落，又掠迫了過去。

這次，冷柳平不等無情出手，便已身退。

他一面身退，一面蓄勢發出寒芒。

只要他寒芒一出，便可以反守爲攻了，暫時的退卻在一位暗器高手來說，算得了什麼呢！

退卻本來是算不了什麼。

可是他退到一半，忽覺腳踏一空，重心頓失，往後跌去！

◇◇◇

松林外邊是山崖。

這塊松林地只不過在半山腰，可是從這兒落下去，還是粉身碎骨。

無情打從一開始就搶得攻勢，而冷柳平一開始就在退……

五　名捕變血人

冷柳平避過滿天松針，已退出七、八丈，避過十三點精光，又去了丈餘遠，再避過那一記穿心飛刃，又退了十餘尺，等到閃過飛鏢與鐵蒺藜，又再退了十七、八尺。

這一次，他已退出了懸崖。

他連忙收勢，憑他深厚的內力，雖硬把退勢收住，但已踏出了懸崖的腳步，便無法制止地下沉。

冷柳平這一次估計錯誤，無情這次的一撲，是想撲至他背後，截斷他退路，以使他不至跌落山崖的。

兩人身形閃動如疾電，那時語言根本來不及表達。

可是冷柳平誤解了無情的意思，以為敵手要全力出擊，於是退得更急，終於下墜絕崖。

這片土地雖只是山腰，但離地逾兩百丈，這樣落下去，只怕未到中途便被尖稜的岩石砸得個粉身碎骨。

冷柳平只覺一陣昏眩，重心頓失，往下落去，怪叫一聲，雙臂亂舞一通，想抓住些什麼——左臂一緊，一件東西已緊緊扣住他的左腕。

人手，無情的手！

可是無情出手雖及時，內力卻不濟，被冷柳平下墜之力一扯，不禁往下沉去。無情人已給扯離崖沿，翻身下墜，但他下墜之勢，卻不似冷柳平那般猝不及防，故能及時抓住崖邊的一片草根與泥塊。

這一來，無情掛在崖邊，另一隻手仍緊扣住冷柳平的左手，冷柳平的身子在半空不住搖晃。

無情勉力想把冷柳平掄上去，可是內力太弱，無法辦到，想自己扳身撐上，但身負兩人之體，也力有未逮，嘗試了幾次，手已痠麻，只怕就快支持不下去，只好不敢再試，任由自己吊在那裡。

冷柳平驚魂稍定，仍不禁問道：「你爲什麼要救我？」

無情道：「因爲你連鐵環都未發出過，我怎能讓你死。」

冷柳平閉上嘴巴好一會兒，忽然道：「放開我吧！」

無情道：「爲什麼？」

冷柳平道：「因爲我在，你撐不上去的。」

無情冷笑道：「看不出你是個婆婆媽媽的人。」

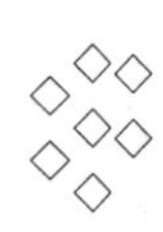

無情與冷柳平就吊在懸崖上。

日暮猿啼急，寒鴉點點飛，翠峰九重，滿天血霞，黑夜已迫近眉睫。

無情的手，也越來越無力。

冷柳平沉默了良久，忽然道：「你罵我沒種也好，婆婆媽媽也好，我還是要求你一件事。」

無情道：「爲什麼？」

冷柳平道：「放開你的手。」

無情煩厭叱道：「閉你的口。」

其實，此際冷柳平若要借力一扯，趁勢躍上山崖，也有六成把握，可是這麼一來，力已將盡的無情就勢必給他扯落斷崖下去成肉泥。

這時，忽然傳來一陣沙沙之聲，腳步聲。

◇◇◇◇◇◇◇

風急，霞落，暮已至。

冷血和鐵手，仍是找不到冷柳平的蹤跡。

幾乎在同時的，冷血和鐵手在一片桑樹林裡止了步。

鐵手道：「不對。」

冷血道：「冷柳平冒險救了三師兄，而他與三師兄又並無恩怨，一定另有所圖。」

鐵手道：「問題是他所圖的是什麼！」

冷血道：「棺材店前的一役中，大師兄曾激走冷柳平。」

鐵手疾道：「冷柳平誓要與無情在暗器上較個高低，決一死戰。」

冷血急道：「但冷柳平怕的是大師兄的轎子。」

鐵手道：「他要與大師兄交手，就必須把大師兄迫出轎子。」

冷血道：「不錯，若大師兄在轎中，冷柳平根本沒有勝算。」

鐵手道：「要大師兄出轎，也是絕不容易。」

冷血道：「除非用餌。」

鐵手道：「三師弟是餌。」

冷血道：「我們追錯了。」

鐵手道：「冷柳平既知我們埋伏樹上，也必然知道無情就在我們後頭接應。」

冷血變色道：「只怕他們已經遇上了。」

鐵手喝道：「我們馬上趕去。」

正待轉身，忽然漫天暗器，又急又快，打向鐵手、冷血。

冷血疾喝：「杜蓮！」

鐵手怒叱：「歐陽大！」

原來他們過於關切無情的安危，不意已被人釘上了。

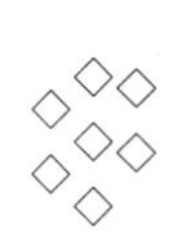

腳聲緩慢而輕，終於走了近來。

冷柳平喜而叫道：「救——我們在崖邊，喂！」

那人似乎歇了歇腳，遲疑了一陣子，才走了過來。

無情沉聲叫道：「這位老哥，我們失足落崖，請高抬貴手，拉拔一下。」

那人已走得比較近，這壁崖是平斜的，所以冷柳平仍可以清楚地望見崖上面的人，臉色遽變：「嘎——」

只聽崖上的人親善地笑道：「原來是你們兩位。」

——無情的心沉了下去。

——棺材店前，他之所以被迫出轎，就是敗在一個侏儒的手上。

——他聽過這侏儒的聲音，迄今還不忘。

——這侏儒當然便是九幽神君的心愛入室弟子，「土行孫」孫不恭。

土行孫俯首端詳，遂而笑道：「赫，咱們可真有緣哩。」

無情沒說話，他的手越來越瘦，越來越麻。

土行孫笑道：「歐陽大、杜蓮、司馬荒墳、獨孤威去追捕鐵手、冷血，而我認爲，冷柳平騾子脾氣，定必找你一決雌雄，鐵手、冷血既已跟上來，你必因行動不便而在後頭，我獨自過來想伺機下手，沒料到三大高手忙得團團轉，卻讓我老孫獨揀便宜，哈哈哈……」

冷柳平怒道：「老孫，說什麼也得拉我上來，咱們再慢慢解釋。」

土行孫容色一冷，咧齒而笑道：「我拉你上來，你眼睛是屁眼？」

冷柳平臉色勃然大變，土行孫冷笑提起腳，慢慢的、緩緩的、帶著欣賞似的，用腳向無情指骨屈露的手指踩下去。

杜蓮外號「毒蓮花」，她一出道，手上便有了一株毒蓮，心狠手辣，毒蓮花中暗器無數，而在她手上死得不明不白的人，甚至比她的暗器還要多。

杜蓮很少狙擊過人，因爲她的暗器用不著狙擊，也可以使人無法防範。

歐陽大外號「陰陽神扇」，他是武林中唯一能把「陰陽扇法」練好的人，武林人都說他扇子一揮，陰陽立判。

不過這終歸是據說而已，可是他「陰陽神扇」中有三招絕技，其中一招是扇中的暗器。

多而密，細如牛毛，且淬厲毒。

而今他們一齊狙擊鐵手與冷血。

鐵手與冷血正在全神貫注的對話中。

就算不是對話中，要躲開歐陽大與杜蓮的暗器，也極不容易。

可是歐陽大與杜蓮也犯了一個毛病。

輕敵之心。

他們一見鐵手與冷血，便認定冷血已捱了獨孤威一記凌厲威猛的「霸王槍」，鐵手已中杜蓮劇毒無救的毒針，所以立時分別出手。

他們沒有等司馬荒墳、獨孤威也聯手。

他們甚至沒有全力出手。

要不然，縱鐵手與冷血武功再高，人再機警，也得立即送命。

暗器漫天襲至，鐵手、冷血避無可避，猛向前衝去。

他們衝入暗器網中。

土行孫的腳慢慢踩下去，暮色更沉，遠山重重，只見無情冷靜悲哀的望著他，手指因力盡而顫抖，冷柳平望著他，眼睛已露出哀憐之色。

人類求生存是本能的欲望。生命都是珍貴的，你怎能這般忍心，一腳踩斷兩條生命。

土行孫忽然在半空停了腿，收回，露齒笑道：「不，不用腳，我要用手一根根把你的手指拗斷。」

說著便蹲下來，仔細地看著無情青筋暴現的手指，土行孫十指如鉤，慢慢地伸了過去，扳開了無情的食指。

只聽冷柳平恨聲道：「你這可恥的傢伙，莫要怪我不客氣。」

土行孫得意地笑道：「待會他五指齊折，你才知道什麼才是真正的可恥哩。」

說著，正待運力，忽然胡嘯一聲，寒芒破空而至。

土行孫根本沒有防備，兩大高手的性命在他的掌握之中，使他太過躊躇滿志了。

刀鋒砍至，他不及遁土，只得飛起。

他反應快，可是刀更快！

他免去斷膝之危，但五指自第二節骨起被齊齊切去。

他的拇食二指，本要扳斷無情的食指，而今先給切斷了，仍拈在無情的食指上。

寒芒「虎」地旋了一個大彎，沉下崖底去，收回冷柳平手上。

土行孫還來不及感覺到疼痛，及至發覺五隻手指都沒了時，另一隻手抓住自己的手腕，雙目睜大，發出一陣驚天動地的尖嘯來。

然後他瞪著無情！

無情冷冷地看著他。

無情身下的冷柳平，也淡淡地看著他！

土行孫怪叫道：「你……！」

冷柳平平靜地說道：「是你先要殺我的。」

土行孫臉漲得發紫，五指傷處這時才劇痛起來。

劇痛入心入肺，土行孫反而冷靜下來，冷笑道：「莫要忘了，你們尚在崖下，只要我一切斷無情的手，你們還是要死在我手裡。」

冷柳平冷笑道：「你敢過來，我人雖在崖下，但我的刀仍可追殺你於崖上。」

土行孫怪笑道：「反正你們上不來，我等你們疲極落崖，也是一樣。」

笑聲一歇，舉步向右側一株巨松行去，邊道：「不過，我還是要親手殺死你們的好——而且保證不必走近崖邊的。」

無情看著巨松，冷柳平看著土行孫，臉色都變了。

鐵手衝向杜蓮，冷血衝向歐陽大。

鐵手的手一下子變成了千手金剛。

暗器都釘在他手上、掌上、腕上、臂上。

暗器震飛，四散而落。

在這剎那間，鐵手已衝近杜蓮。

杜蓮心中一凜，一記蓮花迎頭劈下。

鐵手一手抓了過去。

杜蓮心中大喜，毫不迴避。

「毒蓮花」梗上長滿倒刺，連追命都是栽在一抓之下的。

鐵手抓住毒蓮花，劈手奪了過去。

鐵手畢竟是鐵手，「毒蓮花」還奈他不何。

杜蓮一招失算，蓮花已被奪，大驚失色。

鐵手一拳擂了過去，快若驚雷。

拳至半途，明明是打向杜蓮，忽然一轉，往後打出。

打出了那一拳，鐵手才回身。

那一拳是打向司馬荒墳的。

司馬荒墳正好潛在鐵手身後，正欲全力施出「三丈凌空鎖喉指」的刹那。

鐵手那一拳往後打出，可說十分突然，司馬荒墳不及戒備，勉力側身一閃，「砰」地拳中其右肩，司馬荒墳立時倒飛了出去。

可是司馬荒墳震飛去的同時，他的「三丈凌空鎖喉指」也發了出去。

鐵手也只來得及一側身。

指風鎖不中喉嚨，卻扣中他左肩。

鐵手的手比鐵還難以擊破，由指至臂，內力遍佈，刀槍不入，肩膊的護體罡氣只有手臂功力的一半。

「三丈凌空鎖喉指」擊碎鐵手的內家罡氣，侵襲鐵手的左胛骨。

在同時，鐵手聽到自己骨頭的呻吟聲，還聽到另一種聲音。

司馬荒墳的肩頭，被他一拳打碎的聲音。

鐵手不得不作玉石俱焚的決定。

因爲他要以一敵二，勝算太微了，他只好乘一鼓作氣，利用片刻間的錯愕，自己雙手的奇功，擊毀敵人的防線。

他左臂已抬不起來，卻吐氣揚聲，右手一擰，竟把「毒蓮花」捏得成爲一團爛鐵。

然後他衝向獨孤威。

因爲獨孤威已嚴重地威脅到冷血的性命。

◇◇◇

土行孫在搖著一棵巨松，才搖了沒幾下，松針簌簌而下，松根已裂土而出了小部份。

土行孫停下手來，看著位置，調整一下，換個角度，才合抱松幹，再搖一陣，樹已傾斜。

樹身傾斜向崖邊，正好向著無情那疲憊的手。

無情瘦嫩的手，怎經得起百年巨松的崩壓？

冷柳平怒叱道：「土行孫，你給我住手！」

土行孫用臂搖了一陣子，五指劇痛，收手調息了一會，又再搖動，邊道：「冷柳平，你認命吧！」

冷柳平手一震，「呼」地一聲，一道寒芒，自右手飛出。

寒芒直斬土行孫頭部。

可是土行孫剛受了創，學了精，身形一閃，已閃至巨松背後。

「霍」，寒芒插入樹中。

樹簌簌而動，軋軋傾斜，參天的枝椏互相磨擦，發出嘎然雜響。

土行孫大笑道：「冷柳平，多謝你的刀。」

刀入樹幹，使將要傾倒的樹幹更危危乎。

土行孫反手拔刀，不料刀身一震，竟倒飛而出，土行孫急忙縮手，右手尾指已被削去。

寒芒倒飛，居然能回到崖下冷柳平手中。

土行孫痛極怒極，呱呱大叫，猛一沉身，竟遁入地去，泥塵飛揚，古松之根，轉眼已給他掘出了一半，樹隨時都有倒下的可能。

無情似疾對冷柳平說了幾句話，冷柳平一震腕，寒芒再度飛出。

無情因左手攀崖，右手抓住冷柳平的左手，所以只有冷柳平的右手能動，要不是冷柳平的刀法能飛取人之性命，土行孫早就得手了。

寒芒飛出，射向土行孫，土行孫猛一低頭，沒入土中，寒芒旋劈兩圈，終於力盡，欲倒飛回，土行孫猛地冒出頭來，反手激起一大團泥塊，蓋綻在寒芒上。

寒芒原來就是鐵環，這一下打得鐵環大抖，往斜裡飛出，不知落在何處，再也沒有回到冷柳平手上。

土行孫冒出半個身子在土外，大笑道：「冷柳平，看你還逞兇不！」

但土行孫上一次當，學一次乖，再也不走前去，雙臂合攏拔起松幹，力拔大喝道：「你們去死吧──」

眼看這一拔，就要把松樹連根拔起，把無情與冷柳平一齊砸落崖底去。

土行孫丟了六根手指，自是非取無情與冷柳平性命不可。

正在這千鈞一髮的剎那，土行孫忽然臉色大變。

因爲一道急風，自他背後陡然而起！

快且有力，雷霆萬鈞！

土行孫不及出土，也不及入地，只好反手一格。

但他忘記他的左手已經沒有了手指，而他用的正是左手。

「砰」，招架不住，土行孫被那一腳勁道掃中！

「蓬」，他的背撞在松幹上，這時他才回過頭。

追命就站在他身前，已開始踢出第二腳！

土行孫沒有招架，因爲他的功力已被第一腳踢散。

他實在不明白，因爲追命明明是被點住了穴道的，怎會站起身來給他這一擊。

土行孫是在第二腿時失去了知覺，第三腿上喪了命，而追命一共踢了四腿。踢了四腿之後，樹已開始倒下了。

追命衝到崖邊，用一隻腿，挑起無情與冷柳平。

兩人借一挑之力，飛身上崖，然後追命開始倒下。

這幾天來的折磨，以及受傷，使追命僅能憑一股真氣殺土行孫，救二人後，便已力殆而暈。

冷柳平及時挾著追命，掠出三丈。

無情雙掌往地上一按，飛出四丈。

樹轟然而倒，落下崖去，帶動土行孫的屍首，消失不見，餘音仍不絕傳來。

無情、冷柳平驚魂甫定。土行孫怎麼也沒料到，冷柳平那最後的一記飛鏢刀，雖給他破去了，但也是冷柳平有意帶動鏢身，使它落於追命臥地處，撞開他的穴道。

這一下拿捏奇準，授計人卻是無情。

問題只剩下一個，就是追命還有沒有能力伏殺土行孫。

關鍵是土行孫的六指已被冷柳平削去，所以事出猝然，抵擋不住追命的鐵腳一輪急攻。

在追捕這十三兇徒裡，追命是首先參與也首先受傷的人，土行孫是他第一個手刃的兇徒，其他薛狐悲與莫三給給，是死在無情手上的。關老爺子、武勝東、武勝西、張虛傲則是相互殘殺而死，西門公子乃死於冷血劍下。

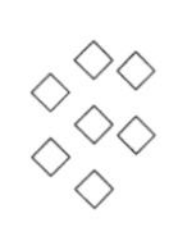

冷血衝向歐陽大。

他人還沒衝到，已刺出三十七劍。

他的劍招原本都是攻勢，可是他反攻爲守，三十七劍砸開三十七件暗器。

第三十八劍到了歐陽大的咽喉。

對方人多，也必須速戰速決。

歐陽大是在他第三十七劍才肯定了一件事，肯定了冷血絲毫未曾傷在獨孤威的「霸王槍」下。

歐陽大的「陰陽神扇」立即運聚起「陰陽神功」，斜切而出，扇面都鋪了一層淡濛濛、幽森森的紫氣。

冷血的劍快，歐陽大的扇慢，然而歐陽大的扇卻及時敲中冷血的劍身！

「叮」，劍從中折為二截。

天下間就沒有多少人能練得好「陰陽神扇」，一旦練成，則柔可分水，剛可斷金。

歐陽大是在武林中「陰陽神扇」的第一高手。「陰陽神扇」所包涵的三種絕技，他都能精通而透，所以他才能成為司馬荒墳等高手之領袖。

「陰陽神功」正是「陰陽神扇」的第二種武技。

冷血劍斷，斷劍一抖，竟比長劍還快，直刺歐陽大。

斷劍本就是冷血的絕技。

西門公子就是死在這一擊之下，可是歐陽大卻不曉得，等到劍斷劍光再起時，劍已離喉不到三寸！

歐陽大百忙中一偏，摺扇一張，一扇打了出去，只運得及三成的「陰陽神扇」的功力。

斷劍刺入歐陽大左肩。

扇拍在冷血胸前。

冷血倒飛出去，飛鳥投林，飄然落下，嘴血已溢出。

冷血倒飛時抽劍，歐陽大左肩創口血亦泉湧而出。

這一招平分秋色，但冷血知道，自己是出奇制勝，而對方的「陰陽神功」只聚了三成，要是七成以上的功力，他現在就斷斷捱受不住。

歐陽大臉色也變了，因爲他知道，「武林四大名捕」中，以無情最難對付，鐵手次之，追命再其次，冷血名列最末。

然而冷血仍能使他重創。

兩人各自心悸，正在此時，獨孤威大吼一聲，手中的長槍，如電殛一般刺了過來。

冷血想閃躲，想迎擊，但槍長勢猛，冷血根本衝不近去，只有捱打的份兒。

就在這時，鐵手已到！

鐵手一拳打出，金鐵交鳴，竟未能震飛金槍，卻打歪了槍嘴。

冷血趁這電光火石的刹那間，衝了過去。

獨孤威本就是槍長人遠，已立於不敗之地，但冷血忽然間衝了進來，使獨孤威長槍全不管用。

冷血斷劍直刺獨孤威的咽喉！

他受過獨孤威的暗算，也吃過獨孤威的大虧，是以他矢志要先廢掉這勁敵！

不料烏光一閃，獨孤威的左手竟還有一支槍。

一支短槍，槍尖已閃電般點來。

這才是獨孤威的絕技：「霸王槍」。

槍短而細，但破空一劃，竟有雷霆之勢，才是真正的霸王槍。

所以不少武林中人都以爲獨孤威只擅長攻，不善短打，往往不惜想盡法子欺近身去，結果也只是送死。

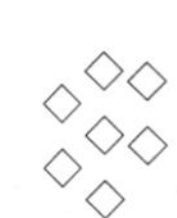

山谷聽來是這般寧靜，樹泥之聲沉落谷底之後，便再也沒有什麼聲息。

良久，無情忽然說道：「你可以動手了。」

冷柳平道：「我已不想與你動手。」

無情冷然道：「不行。」

冷柳平道：「為什麼？」

無情道：「十八年前，你們一十三人，是否衝入一位叫盛鼎天的家裡去，燒殺殆盡？」

冷柳平微微一震，道：「你是——？」

無情道：「我便是唯一的生還者。」

冷柳平臉色在黑暗中，看不清楚，隔了一會，只聽他道：「不錯，我們遲早仍得一戰。」

無情道：「既然遲早，不如現在。」

冷柳平斷然道：「不行。」

無情道：「爲什麼？」

冷柳平道：「適才我自歐陽大手裡劫走追命兄時，已驚動冷血、鐵手二位擋駕，現在只怕——」

無情變色道：「那我先料理那兒的事，再與你決一死戰！」

冷柳平冷然道：「錯了。」

無情道：「怎麼錯了。」

冷柳平道：「我仍是他們一夥的，我認識路途，先帶你過去那兒，屆時你做你的捕快，我當我的殺手，咱們公私事一齊了。」

無情忽然大笑，聲音一頓，說道：「好！」

冷柳平道：「那你快把追命兄扶上轎子，只有在轎子之中，別人才不敢對他妄動。」

無情道：「我雙足不便，煩你扶他到轎中去。」

冷柳平一愣道：「你不怕我搶奪了你的法寶麼？」

無情肅然一字一句的道：「你不是那種人。」

冷柳平呆了一陣子，仰天長笑，止聲而道：「我冷柳平交得著你這種朋友，死而無憾。」說著去揹起追命，走向轎子。

無情淡淡道：「我們這就動身吧。」

槍尖已到了冷血的咽喉！

冷血已刺出去的劍忽然斜劈，斬在槍尖上。

槍尖所蘊含的力道，搗碎斷劍，但也被震得一歪！

槍尖貫入冷血右胸，鮮血尚未標出，冷血又發出了一劍。

冷血手中已無劍，他怎麼還能發劍？

獨孤威發現時已遲，冷血以手作劍，掌中隱然淡金乍現，閃電般刺了出去。

「掌劍」！

當日冷血大敗諸葛賢德的大師兄，用的就是這一式絕招！

獨孤威眼見一槍得手，正在大喜之際，「掌劍」已切中他的咽喉。

刹那間，他唾液、眼淚、糞便全流了出來，想大聲叫喊，卻發現喉管乾裂，發不出一個字。

在同時間，獨孤威便倒了下去。

這邊的鐵手，卻已身歷奇險。

因爲他迫開獨孤威一槍，但杜蓮、歐陽大、司馬荒墳已紛紛撲過去。

杜蓮憤怒如狂，因爲她的獨門武器「毒蓮花」已毀在鐵手的鐵手裡。

司馬荒墳憤怒至極，因爲他的右手已毀在鐵手的拳下！

歐陽大撲過去，但卻不是撲向鐵手，而是震動摺扇，攫殺冷血，因他的右肩正是給冷血一劍刺得鮮血淋漓。

杜蓮撲了過去，十指直插鐵手臉部，她已把鐵手恨之入骨。

鐵手只做了一件事。

他把搓成一團爛鐵的毒蓮花，扔了過去。

毒蓮花中所有的機簧皆已損壞，裡面的暗器正不斷的發出來。

杜蓮一見自己的獨門兵器飛過來，下意識裡便伸手去接，不料暗器如雨，向自己射來，縱退避得快，也中了幾枚。

杜蓮臉色死灰，痛癢難當，她自己對毒蓮花裡的暗器有多霸道，是心知肚明的，急忙撕開衣襟，以取解藥，但因毒發，全身抖個不停，動作更是困難。

鐵手正待追擊，猛地人影一閃，司馬荒墳左手持鈸，一鈸蓋下。

鐵手左臂受傷，只得功聚右臂，用力一格！

「崩」一聲，二人各退三步，俱被震得熱血翻騰。

這電光石火間的一戰內，鐵手已毀毒蓮花，碎司馬荒墳一臂、震開霸王槍、重創杜蓮，但自己一臂也爲司馬荒墳所傷，功力大打折扣。

那邊歐陽大衝向冷血。

冷血與獨孤威二人本就相隔極近，只見獨孤威烏槍陡現，冷血、獨孤威二人便纏鬥作一團，到冷血斷劍粉碎，歐陽大登時舒了一口氣。

他以爲冷血已經死了。

然而倒下去的卻是獨孤威，歐陽大一驚，「陰陽神扇」平推而出，一股紫色的罡氣直迫冷血。

冷血已然驚覺，倏然回頭，但他所有的劍招中，無一招可以破這股罡氣的。

他只有把「掌劍」向紫氣刺了過去。

淡金的劍氣與淡紫色的罡氣相碰互撞，冷血胸中的扇傷與槍傷一併發作，後力不繼，大叫一聲，口吐鮮血，昏跌當場！

歐陽大大喜，猛前一步，摺扇一合，直戳冷血的百會死穴！

此時天色已全黑，猛地電光陡閃，烏雲密佈，傾盆大雨將下，也在同時間，一道精光直奪歐陽大後心。

歐陽大猛地驚覺，不及傷人，半空兩個翻身，凜然落開丈外。

「霍」！一柄長刃，沒入桑樹幹中。

三丈外有一頂鐵黑色的轎子，轎子旁有一枯瘦清矍的老人！

轎中飛刀的當然是無情。

而在轎旁的老人，卻正是「無刀叟」冷柳平。

歐陽大倒抽一口涼氣，冷笑道：「是你們！」

冷柳平身形一閃，鷹劃長空，已立歐陽大身邊，道：「歐陽大，我們——」

這一句話本來是說：「歐陽大，我們現在是同一陣線的人——」但話未說完，歐陽大摺扇一張，紫氣大盛，「陰陽神功」已撞向冷柳平！

這也怪不得歐陽大不分青紅皂白，因爲事實上，冷柳平午間劫走追命，尚有鐵手與冷血爲他護駕，而今居然和無情一齊回來，一回來就給他一刀，救了冷血一命，更且還過來直呼他的姓名，歐陽大只曉得「先下手爲強，後下手遭殃」，當下全力施爲。

冷柳平不尊稱他爲谷主，乃因他不想與無情爲敵，卻被迫無奈，見歐陽大等重施故技，以多擊少，心中十分不快，故此直呼其名，不料卻惹動了歐陽大的殺機！

歐陽大一扇擊來，冷柳平始料不及，倉促間擲出鐵鐶，寒芒直劈歐陽大。

歐陽大不想同歸於盡，紫氣一轉，撞向寒芒。

寒芒被紫氣一撞之下，斜飛而出，「奪」地插入了一株桑木幹上，再也沒有回到冷柳平手中。

照常理來說，冷柳平寒芒雖未必敵得過歐陽大「陰陽神扇」中的第二種絕技「陰陽神功」，但也不至於一招便丟了鐵鐶，只因冷柳平倉促飛鐶，功力未聚，故不及歐陽大全力而爲的「陰陽神功」，乃爲其所破！

歐陽大一破飛鐶，「陰陽神功」大盛，再襲冷柳平！

冷柳平急飛身長空拔起，歐陽大已貼身而至！

冷柳平猛吸一口氣，再昇丈餘，歐陽大龍騰而上，紫氣已迫冷柳平眉梢。

冷柳平大喝道：「好！」

人在半空，一刀劈出。

冷柳平鐵鐶已失，手中無刀，何來刀芒？

刀芒來自手中，比刀還鋒銳。

這正是「手刀」，也正是「無刀一擊」的絕技！

他的刀已練得與人合一的境界，正如「馭劍之術」的最高技法。

當年「一刀千里」莫三給給，就是雌伏在「無刀叟」冷柳平這一擊之下的。

冷柳平「無刀一擊」一出，金芒大盛，紫色沖破，「陰陽神扇」扇面破碎，

「陰陽神功」自然也運不起來了。

冷柳平飄然落地，不再追擊。

忽然烏光一閃，歐陽大手中的摺扇，扇雖已毀，數十根扇骨卻完好，忽迅疾搭

扣在一起，成一長鍊，長鍊射出，直刺冷柳平心窩，快得不可思議。

電光一閃，雷聲霹靂。

冷柳平捂著心口，欲呼無聲，口咯鮮血，勉力指著歐陽大道：「你，你……」

歐陽大冷笑道：「這就是『陰陽神扇』三種絕技之最後一種『陰陽一線』！」說著手握鍊尾，用力一扯，烏鍊收回，鮮血標出，冷柳平捂心，一臉痛苦之色，緩緩倒地。

冷柳平以「無刀一擊」大破「陰陽神功」，旋又被歐陽大以「陰陽一線」搏殺的當兒，無情也遇上了事。

杜蓮中暗器後，好不容易才吞服了解藥，伸手一摸，整個臉頰都浮腫了起來，心中又急又恨，眼見鐵手猶自力戰司馬荒墳，心中大怒，猛潛身於後，意圖夾擊鐵手。

就在這時，電光一閃，杜蓮馬上看到，一黑色的轎子，攔住她的路。

她心中一凜，想起江湖上的人們對這頂轎子的傳說，可是她還沒有吃過這頂轎子的虧。所以她只是提高戒備，依然走了過去。

倏地，她雙足一點，直撲鐵手。

同時，轎中打出三點寒星！

杜蓮猛一偏身，已撲向轎子，三點寒星落空。

杜蓮足尖在轎子的楨木上一點，蜻蜓點水，已撲上轎頂，正想一掌擊下。

轎頂確是打開的，可是杜蓮身影才現，數十枚飛蝗石已射了出來。

杜蓮心中暗叫不好，鷂子翻身，斜飛丈外。

猛地一白衣人影長身而出，右手一震，一道白光，飛射而來，破空而至！

杜蓮心中一凜，知道此人便是「四大名捕」之首：無情。

杜蓮足尖一挑，挑起霸王槍，橫槍一格。

這一管丈二長的霸王槍，乃精鋼鑄成，自然犀利，白刃「噹」地打在槍桿上。

白刃斜飛而出，彈入一桑樹幹內，直沒至柄。

杜蓮虎口發麻，長槍也脫手落下。

傾盆大雨，密集而下。

周遭傳來鐵手與司馬荒墳的喊殺聲，及冷柳平和歐陽大高來低去無聲之拚鬥。

杜蓮心中大怯，電光掠空，猛見地上有一銅鈸。

這銅鈸本來共有兩面，原本是司馬荒墳的武器，但他右臂已被鐵手打碎，一鈸也落了下來。

杜蓮心中一動，一個翻身，起來時已抄起銅鈸，往轎前衝去。

大雨急下，杜蓮衣衫皆濕，但銅鈸卻把她身上的要害都護住。

轎中又「奪奪」兩道精光，「登登」打在銅鈸上，被激飛了出來。

杜蓮已衝近轎前。

轎子又「颼颼」兩道小箭，射向杜蓮，也給銅鈸「叮叮」格落地上。

杜蓮身形更快。

轎中「霍霍霍」三聲，三粒鐵膽，專取上、中、下三路！

杜蓮聽聲不好，雙腳騰空，兩粒鐵膽險險打過，而頭上一緊，原來髮髻露在銅鈸之外，給一粒鐵膽打散。

這一下，只差一髮，杜蓮驚魂甫定，橫空而起，鈸在身前，連人帶鈸，直撞轎子。

這一下她全身藏在鈸後，轎子中的暗器縱然再強，也奈不了她的何！

杜蓮快如閃電，鈸已頂中轎子。

轎子轟然反倒。

杜蓮心頭大喜，急風陡起，「霍」地一聲，一柄一尺一寸長的白刃，自背心而沒，前胸出。

杜蓮呆住了一陣，緩緩回身，只見黑夜裡，大雨中，無情就盤坐在她身後，冷冷的瞧著她。

杜蓮這一剎那間，想起了很多事，也明白了自己何以致命。

她之所以致命乃因爲中了無情的飛刀，她之所以中無情之飛刀乃因不知無情在其身後，她之所以不知無情在其後乃因銅鈸擋住了她的視線，她用銅鈸護身是因爲全副精神都用在對付那轎子上，但她本來要對付的不是轎子而是無情。

所以她只有死。

杜蓮緩緩的倒下去。

無情雙手往地一按，正想回到轎去，忽見身影一長，一人已攔在轎前。

無情冷然道：「你殺了冷柳平？」

歐陽大垂拖著烏鍊，道：「你也殺了杜蓮。」

無情沉默了一下，抬首，雨水流遍了他的臉，「你知道，冷柳平在死前，和我已經是朋友。」

歐陽大淡淡一笑道：「我知道，所以我才要殺他。」

無情靜靜地道：「所以，我爲他報仇。」

歐陽大目光轉向地上伏屍的杜蓮，忽然道：「你可知道她是我什麼人？」

無情沒有作聲，歐陽大繼續道：「去年，她爲我生了個孩子。」

無情的目光閃過一絲悲憫，旋又回復平靜，一種極其冷酷的平靜。歐陽大仰望雨天，道：「所以不管你武功有多高，我也要爲她報仇。」

無情道：「你可知我若離轎，放手與冷柳平一戰，可有多少勝算！」

歐陽大笑說：「你說。」

無情道：「六成。」

歐陽大道：「很好。」

無情道：「但你卻殺了他。」

歐陽大道：「你不用擔心，我對你也只有五成勝算。」

無情冷聲道：「而我現在，就要與你一戰。」

歐陽大仰天長笑，說道：「可是不管如何，你是絕不可能有機會回到轎子裡去了。」

巨雨聲中，傳來陣陣嘶喝，那邊的鐵手與司馬荒墳已拚出了真火，到了玉石俱焚的階段了。

司馬荒墳與冷血的武功，可說是功力相當。冷血攻人每在咽喉，而司馬荒墳的「三丈淩空鎖喉指」，也專取咽喉。

可是總括來說，追命的武功，要比冷血來得高一些，而鐵手的武功，又要比追命高一些。

鐵手一開始因連戰司馬荒墳、杜蓮、獨孤威三人，所以精力大耗，後來又因心分二用，計傷杜蓮，而被司馬荒墳銅鈸取得先機，要不是他還有一隻鐵臂可用，根本無法擋得住司馬荒墳的一輪急攻。

司馬荒墳一旦佔得先手，鐵手就極難挽救得過來了，因爲他們二人功力本就相距不遠。

可是三十招後鐵手仍不倒，局勢就有了顯然的轉機。

鐵手的肩部琵琶骨給司馬荒墳捏得重創，但司馬荒墳也給鐵手擊碎一臂。

鐵手傷的是左手，司馬荒墳傷的卻是右手。

司馬荒墳和平常人一樣，總是右手較爲靈便，何況他善使雙鈸，雙鈸本就是要右左配合的兵器，一旦少了一隻手，就使得不大如意了。

鐵手喘得了一口氣，便全力反攻，鐵手擂在銅鈸上，發出震天價響。

八十招後，鐵手與司馬荒墳已打成平手。

一百招後，鐵手已佔上風。

這點司馬荒墳自然清楚得很，他心頭大急，無奈下風已現，他欲敗走，但鐵手的鐵拳卻把他的退路封死。

一百三十招後，司馬荒墳已是敗跡畢露，險象環生了。

司馬荒墳情知久戰下去，遭殃的必定是自己，忽然大喝一聲，銅鈸綻出。

司馬荒墳擲出的銅鈸飛斬而去，雖不及冷柳平的迅急犀利，不及莫三給給飛刀的歹毒凌厲，卻因銅鈸體積大，所挾的聲勢，更摧人心魄！

鐵手不敢怠慢，反手欲全力相接，猛見司馬荒墳拇食二指淩空一扣，竟施出「三丈淩空鎖喉指」指風直鎖向自己的咽喉。

鐵手閃躲無及，只好招架，但招架銅鈸就格不住指風，格得住指風，就架不住銅鈸的旋劈。

「三丈凌空鎖喉指」有名斷喉碎骨，一招致命，而司馬荒墳手中銅鈸，向不輕易脫手，這一擲已是拚命招式，鐵手卻寧願硬接銅鈸，也不願硬挨一記「三丈凌空鎖喉指」！

鐵手不退反進，猛然衝近。

鐵手右臂一招猛格，「嗤嗤」二聲，指風便扣在他的手臂上，衣衫俱裂，臂上留下兩道焦痕，但筋骨未傷！

同時間，銅鈸已劈中鐵手腰間。

鐵手在瞬息間已把一生功力，全凝聚在腰間，加上這一力硬衝，硬接這一鈸！

鐵手原本除了一雙鐵臂絕技外，內力也算是「四大名捕」中最爲深厚者。

他這一發揮，銅鈸劈中他腰間，血濺出，但銅鈸也被帶得回撞過去。

這時鐵手已衝近司馬荒墳，貼身撞在一起。司馬荒墳不料鐵手不退反進，閃避無及，銅鈸另一端完全割入他胸腹間。

司馬荒墳始料不及，是以並未凝聚內力，功力又不如鐵手，這一下被銅鈸反割，嵌入胸際，慘呼不絕。

鐵手藉著餘勁，一拳擂下，司馬荒墳的臉馬上一團稀爛，厲鬼一般慘呼著倒了下去。鐵手眼見司馬荒墳倒下，舒了口氣，反手拔出銅鈸，鮮血溢出，他隨手丟掉銅鈸，反身倚靠在一棵桑樹幹上，大聲的喘息著，任由大雨沖滌著他的傷口。

也沖滌這一場如噩夢一般的拚鬥。

大雨唱著壯烈激昂的歌，無情與歐陽大衣衫盡濕。

無情忽道：「誰是你頭兒？」

歐陽大乾笑道：「憑什麼我要告訴你！」目光閃動，桀桀笑道：「只怕你回去京城之際，已見不到紫禁皇城了。」

無情道：「萬一你斃命了，十三個高手都爲了他喪命，不是太不值得麼？」

歐陽大忽道：「好，我說——」

烏光一閃，長蛇般噬向無情胸膛。

無情右手一震，一道白練飛出，人沖天而起。

歐陽大全身蒙有一遍淡淡的紫氣，竟把「陰陽神功」不必透過陰陽神扇，也可發散出來了。白刃飛近歐陽大，受罡氣一阻，落於地上。

無情沖天而起，也躲過烏鍊一刺！

「颼」，烏鍊又抽回歐陽大手中。

歐陽大未等無情落下，又發出了第二刺。無情在半空猛一提氣，又急昇三尺，雙手一震，雙刃綻出。

歐陽大一刺又告落空，但護身的「陰陽神功」，也把二刃震飛！

歐陽大不等無情身形落下，縱身而上，又是一刺。

無情正想提氣再騰挪閃避，忽覺腰間一陣劇痛，他本無內勁，所以劇痛一生，換氣塞堵，便告落下。

他腰間劇痛，乃在棺材店前，被土行孫迫出轎子時，給冷柳平一刀所傷而致的。

無情在百忙間還發出一刀。刀飛向歐陽大，但半途脫了力，斜飛他處。無情唯一能控制的是使他身形往斜側落去。

歐陽大的「陰陽神刺」「颼」地刺入他左脅之中。鍊入一寸二分，無情順勢斜飛，脫鍊而出，落在地上，血流不止。

歐陽大笑道：「你認命吧——」正待發出最後一刺，忽覺背後一痲！

一柄一尺七寸長的白刃，自背後射入，前胸貫出。

歐陽大就在這一刻，看到自己的胸前忽然冒出一截帶血的刀尖，沒有比這件事更驚疑的事了，歐陽大望著這一截刀尖，簡直不能相信。

只聽無情喘息道：「剛才……我那一刀……是掟向轎子，撞開機鈕……再彈出這一刀的……」

歐陽大聽完了無情這一番解釋，才甘願地倒下去。

他最畏懼無情的轎子，所以要想盡辦法，把無情迫出轎外，但仍是死在這轎子的機關下。

歐陽大倒下去，倒在泥濘中，大雨把他身上的血，沖到泥土裡去。

大雨終於止息。

第一個轉醒的反而是追命。

他踉蹌地自轎子裡跨出來，只聽桑林裡鳥語花香，空氣清新，好一片嶄新的風光。然後他便看到屍體，杜蓮的、冷柳平的、獨孤威的、還有司馬荒墳的，甚至歐陽大的。

他驚震。立刻全身肌肉繃緊，尋索了起來。

只見一人慢慢扶著腰，自泥濘中掙扎而起，正是鐵手。

鐵手的左肩挨了一記「三丈淩空鎖喉指」，腰際吃了一記飛鈸，受傷甚重，但總算都不是要害，而他內力也最深厚，是故甦醒得最快。

追命急忙過去扶持鐵手，但他身受數傷，尚未復原，腳下一陣踉蹌，扶著一棵桑樹，大聲喘息了起來。

正在那時，另一個濃濁的呻吟響起，追命和鐵手一起望去，只見冷血自地上掙扎而起，冷血本就捱上歐陽大一扇，胸膛中又中了獨孤威一槍，再加上給「陰陽神功」一激，所受的比任何人都重。

可是冷血的軀體就像是鐵打的。

他有鋼鐵般的意志，也有超人體魄。

所以他站了起來。

就算他站不起來，只要有一口氣，他爬也得爬起來。

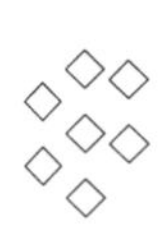

鐵手、追命、冷血三人的手握在一起，良久沒有說話，然後他們都在同時間脫口而問道：「大師兄呢？」

然後他們同時瞥見翻倒的轎子，心裡已涼了半截。再看到伏在地上的無情，都說不出話來。

無情伏在地上，一身都是泥濘。伏身的泥上上顯然有鮮血的痕跡。

他們沒有把握肯定，無情是不是已經死亡。他們忘了自己身上的傷，一步一步的走過去，地上的無情沒有聲息。

他們互相望了一眼，眼神裡有說不出的悲哀。然後他們一齊扶起無情，把無情翻過來。

無情一臉都是泥濘，手按左脅，但居然睜開了眼睛，臉上展開了笑容，緩緩的遊目看了看鐵手、追命、冷血一陣子，欣然道：「我們都平安無事……可惜還不知道頭兒是誰……」

鐵手、追命、冷血幾乎忍不住要跳起來，要歡呼大笑，要唱一千闕歌。

只要知交都健在，天大的失敗，都承擔得起！何況他們根本不能算是失敗。

就算是失敗，也有失敗的英雄，譬如項羽。

項羽何等英雄蓋世，何等叱吒風雲，只因他剛愎自用，終於被劉邦擊潰，最後還是用自己的手，結束自己的性命。

他雖是被打敗了，不過被打敗的也不過是形軀而已，他的意志力，他的精神是打不敗的。

更何況天下真英雄者，又何必斤斤計較於得失成敗？

稿於一九七六年五月十日

姚真生日，並遷往羅斯福路五段建立「試劍山莊」時期
重校於一九八三年六月六日
赴邵氏影城與方逸華簽定「布衣神相」故事電影版權約
再校於一九九〇年八月廿五日
臺灣皇冠出版「遊俠納蘭」故事之《馬上上馬》及推出作者介紹書籤

請續看《四大名捕走龍蛇》

作者通訊處：香港北角郵箱54638號
作者傳真：（852）28115237

附錄

【高手中的高手，溫瑞安訪問記（下篇）】

‧隨緣即興 隨遇而安‧

李順清（以下簡稱「李」）：我們都知道您出道甚早，雖然年紀仍輕（溫大俠打趣說：「我只敢承認是『少壯』。」），剛四十出頭嘛，對作家而言，是創作力最鼎盛之時，如日方中嘛。您在五十年代出生，六十年代已在新加坡、馬來西亞享有盛名，七十年代到了台灣，風頭一時無倆（溫大俠又調侃說：「所以下場淒涼。」），到頭來是「樹大招風」。到了八十年代，又出名出到了香港，紅極一時，進入九十年代，您又火紅席捲了中國大陸、神州大地，惹得千萬讀者如癡如醉。我發現您好像每十年就有一次大進擊、大突破（溫大俠又詼諧的說：「希望不是十年一劫就好。」）現在已是一九九八年了，就快進入廿一世紀——您打算再攻取甚麼國家？地區？進軍國際，還是密謀大計？

溫瑞安（以下簡稱「溫」）：沒有大計。我想你說的「進軍」、「攻取」，是指我的作品市場銷向，要不然，光是你這個了不起的「提示」，又得害我坐上十年牢！至於我的大計就是：隨遇而安，就是溫瑞安。隨緣即興，就是我大計。我如果要「進軍」，就「進軍」美羅埠火車頭。那是我出生地。我出生在馬來西亞霹靂州美羅埠小山城的火車站那兒，那兒當時大概只有百來戶人家——說實在的，在那兒沒甚麼出路，只怕現在也如是，看書的人少，只怕寫作的人更絕無僅有。我想向那兒進軍——不，回饋。我祖籍則是廣東梅縣，向那兒「回饋」也合情合理，只可惜迄今還沒機會回去過。這就是我廿一世紀大計劃。如還有大計，只不過想跟在我身邊、在我社內表現出色、有志氣奮發向上的年輕朋友，能替他們力謀出路、賺多點錢、能遂理想、奠定基礎。原因無他，不是偉大，而是他們對我好，當我是他們的真正「大哥」，我也對他們真心的好，作爲回報罷了。

有記者道聽途說，說我的朋友有些「缺乏社會生存能力」。呸呸呸，大吉利是。言重了。他們既不癱又不廢，縱廢了癱了也鬥志不懈，我筆下不是有名捕無情、病君蘇夢枕和獨臂戚少商嗎？最近還寫了瞎子「對神」和聾啞人「錯鬼」呢。他們都很厲害，殘而不廢！（大家莞爾）我光是香港社友，就有助手葉浩、何包旦、陳乃醉、劉靜安、康呼晴等幾位，莫不是能寫、能拚、能打、能熬、能做事的人，他們不是世界遊遍，就是神州跑遍，反應快，效率高，肯用功，肯學習的年輕人，有的賺錢比我多，有的寫作比我勤，有朝一日成就也比我大！像何家和、梁應鐘、陳念禮、劉動這些本來就習慣「四海為家」跑碼頭的人才也會在「社會上不能生存」？真是滑天下之大稽了！有本領說這是非的人不妨過來跟我們到處走走看、比比看，看誰先活不下去？

李（試探地）：我們都知道「貴社」——「自成一派」裡猛將如雲，他們有的還稱您是「教主」，還是您自稱？

溫（哈哈大笑）：教主？當然，我不是教主，誰是教主？我可是「睡覺」的「教」主！哪有這回事，你中了傳媒的毒了。但有一點倒沒虛傳，確是悍將如雲。我社裡年紀最大的已七十多歲，他老人家客氣，有時也稱我作「大哥」。我老師黃漢立先生德高望重，在氣功界裡有無可取代、一代宗師的修為，但也稱我為「兄」。以前台灣「神州社」一位俠義好漢台南沈瑞彬先生（即是詩人忍虹昇），空手道黑帶三段，兼修各種武功，亦稱我為「大哥」（葉浩在旁「插播」：溫大俠的姐姐也一樣叫他這個大俠弟弟做「大哥」，有時還失口叫了「爸爸」。大家聽得大笑），那不是因為我有甚麼了不起，而是他們同情我、支持我、鼓勵我，看我恨做「大哥」恨得發燒，意思意思叫一聲來「安慰」我（何包旦馬上加鹽加醋的抗議起來：「那我們呢？我們社裡社外，都習慣尊稱他為『大俠』、『大哥』。因為我們衷心佩服他呀！連他早前的女友白靈，也常失口叫成了『爸爸』呢！」大家聽得大樂。葉浩又補充了一句：「他以前還有個分了手的小女友敏華，也常一失神間叫他做：『爸！』還有連伯母——溫大俠的媽媽——生前也偶爾叫溫大俠做『大哥』呢！」眾人聽了笑得直打跌不已）。我看不要再例舉下去了，越描越黑了。你們也不要再提我過去的女友了，我已快「嫁」不出去了，給你們一鬧，人家還以為我是「失戀專家」呢！我現在已有固定女友小靜，以前只好統統「報廢」：總之，我有責任感，肯揹黑鍋，不逃避，不諉過，每次社裡有事，社員總平安，我倒次次「斷正」（即「遇禍」），所以大家就給我一頂「高帽子」，要我繼續揹鍋子別砸破了，如此而已。可別再取笑我了。一聲「大哥」，代價可大呢，以前無端「坐政治牢」就為這個，下回我叫你好了，大哥——！（大家忙搖手甩頭不已）

·現在的小眾在質量上往往高於以前的大眾·

不過，社裡人才是多，光是在香港，亦懷、孝廉二兄是執業律師，張聖勤是老中醫、孫益華是西醫，又是香港前扶輪社主席，舒展超是香港一份雜誌的出色總編，還有幾位是教師、講師、教授，陳雨歌、余銘、陳美芬都是不同出版社的主持人，方娥真的文學成就比我大，清譽也比我高，湘湘、商魂布、小華都是出色作家，雲舒、梁艷芬、寂然、立忠、王巍、心怡、淑儀、志豪都是文壇新秀，其餘編導、編輯、記者不勝枚舉，連在拍戲的演員、影星都有我們的社友，這裡不好一一列明，掠人之美！有的是經商，有的開時裝店，還有的是地產、股票經紀，總之各行各業都有我們的社友。若臚舉台灣社友，有些人只怕大家都耳熟能詳。譬如林燿德先生，他在文學界、評論界都有非凡成就，品學兼優，尊師重道，提攜後進，能言善道，加上博學博識，作品又多又精，是個全能寫手，也是個難得一見的全面高手，惜天不假年，天妒英才，英年早逝，我為此痛心了許久，到現在還時時不能釋懷。像他這種出色人物，實不多見。他曾是當年台灣「神州社」精英新秀，直到他逝世前仍是「自成一派」在台大將。另一位是時報攝影組的胡福財先生，他秉性淳厚，但又富機智、幽默，他的攝影作品和在電腦繪圖方面的成就，都是光燦耀目的。他也是從「神州社」到「朋友工作室」的「元老級」人物。我想，還是不必一一舉出姓名來吧，要不然，又「片長十二大本」，像古龍筆下「百曉生」的「兵器譜」，又像我以前在台灣木柵辦「試劍山莊」時的「雌雄榜」了！

陳國陣（以下簡稱「陳」）：聽說，您現在的「自成一派」裡的社員，橫跨香港、台灣、新加坡、馬來西亞，還有中國大陸？

溫：都有一些。連在美國、澳大利亞、加拿大、日本、韓國、紐西蘭、德國、英國……都有幾位或一、二位代表。他們大部份都是我的讀者，因讀我的書才從不識而相交、相知，有的是從香港、新馬移民過去的老朋友，有些還只是神交未謀面，或由我身邊弟妹代爲聯繫，對武俠精神都有深愛和抱負，希望爲推廣「俠義精神」而盡一分心意。

王鳳（以下簡稱「王」）：這樣聽來，好像後現代武俠小說的陣容鼎盛，方興未艾。——我剛才是大致請教過了，但現在還是要一再踏實的問您溫大俠一句：您認爲武俠小說還有讀者嗎？我這樣反覆的問，是因爲一般讀者和作者最關心還是這個問題。

溫：那我再次面對這個問題。不錯，武俠讀者不比以前狂熱，這是事實，只要看武俠作家比以前銳減，就可以見其一斑。有甚麼樣的市場需求，就會出現甚麼樣的貨品。以前缺少多樣化的娛樂，大家集中看書；現在各種娛樂媒體競爭白熱化，還闖入家庭住宅，輕便刺激，書報雜誌自然給冷落，武俠小說更算是「冷門」。可是話分兩頭，不可只見其一端，更不必太悲觀。娛樂媒體千變萬化，正好與武俠小說可資利用、重新結合的機會。以前只看武俠小說的人才注意武俠小說，現在不是了，也不止了，看電視的、看電影的、看錄影帶的、看LD的、看VCD的、以及看各種各式各樣各類玩意的，乃至於電玩的、打機的、看漫畫的，或甚麼都不看，只聽廣播的，聽影視主題曲、插曲、流行曲的，甚或只聽人胡說的，都難免對一些武俠人物、情節、武功、招式乃至作家一知半解，甚至耳熟能詳。

這代表了甚麼？這就是寰宇頻生新事物，與新的媒體產生了新的結合、揉合，又迸綻出更光采動人的火光、光芒來。以前沒有那麼大的競爭，所以低速度、慢節奏的武俠小說如平江不肖生、還珠樓主的作品，有大量捧場讀者，而今競爭白熱化，多采多姿，目不暇給，但武俠一樣跟新的快的電子媒介重新組合、演繹，可不是嗎？趙煥亭的《火燒紅蓮寺》等段落，李壽民的《蜀山》，不久前還不是在大小銀、螢幕重拍、重映、重播麼？

況且，現在寫作人也不要老是怨艾「時不我與」。以前都武俠小說是「大眾讀者」，比起來，現在只是「小眾」。但大家要清楚一點，世界人口暴增、文盲劇減，就連中國大陸也如此。何況，在一九四九年後，台灣有「暴雨專案」、過去大陸的武俠名著，不能在台灣公開讀到，讀者只一知半解。但近十年來已經開禁，不成爲禁忌了，一下子，民初武俠佳作大量在台灣傳閱，讀者才明乎武俠傳統的始終根本，推動這件偉舉的葉洪生諸君子功德無量。大陸武俠小說出版也在近年開禁，巨量的港台武俠小說也湧入神州民間，試想想，這在總體市場上，拓大了多少？遽增了多少呀？何況，現在的「小眾」在質量上往往要比以前的「大眾」好多了！就算是「小眾」，大陸十二億人口，加上台灣二千多萬人口，還有新、馬各地華人，加起來的數字，只怕也以千萬乃至億計，這還算「小眾」嗎？這還可以稱作「沒有市場」麼？何況，尤其像大陸一些未完全現代化的地區，其他娛樂、電子媒介還未盛行開來，閱讀仍是主要消遣，而歐美一些地區華僑更鮮有機會接觸中文，思鄉情切，武俠小說成了他們主要的精神糧食與寄託，實在是無量功德呢！何況，任何電子媒介，影視劇集都取代不了文字所帶來的思考性和深層震撼、長久感動。所以，寫好武俠，好好寫武俠，不要為了餬口，或以為沒有人認真看，就把它寫壞了、把它毀了，有時候，它「潛移默化」的影響力，可要比正統文化還高大、深遠呢！可別小看了它！

·寧可因戀愛而受傷　絕不因怕受傷而不戀愛·

陳：這番話令我們茅塞頓開，看來，您對武俠小說是抱著十分樂觀的態度，真不愧是當年香港《武俠世紀》雜誌譽爲「後武俠時代的創始人」，果然有掌門人的大無畏氣派，讓我們這些武俠迷也受到影響，對武俠小說的前程也樂觀了起來。

溫：不好意思，這裡面有點誤解，稍有出入。我以前在台辦神州社，師妹王美媛對我長久理解之後，有一句評語：「溫大哥是個積極而不樂觀的人。」我認爲說得很對。我只是積極，但並非太樂觀的人。儘管不太樂觀，但我仍不改其積極，盡力去做好它、完成它。我享受過程，成敗起伏都刺激好玩，並不期待高估收成和結果。所以我很快樂、自足。我是個「傷心快活人」，注意，不是「開心」快活人；儘管傷憂，但不改其樂。多少年來都如是。正如人一旦戀愛，就極容易受到傷害，不管「戀愛」（或曰「執迷」）的對象是甚麼。但我寧願受傷一千次，也不願怕受傷而不致去戀愛。也許戀愛的結果是婚姻。有人認爲那是圓滿，有人認定它是墳墓，但我只欣賞享受戀愛中的人投入過程裡的甜酸苦辣、悲歡離合，愛過才是真的活過。

我不介意人稱我爲「大哥」，你叫了我就應，連「大俠」我也照應不誤，哪有甚麼？只不過是一聲稱謂而已。他們這樣喚我，可能是因爲我善待他們。他們欠我情，可能是因爲我年紀大（席中又有人抗議，溫大俠示意制止），同情我安慰我，或者對我各種特性中有一、二處喜歡的、尊重的，又或因常看我武俠小說或新詩，故有這種稱呼。我也一樣對我佩服的人喚：「老師」、「俠兄」、「學長」。最好笑的是有人叫我「溫巨俠」，那是來自我在「說英雄・誰是英雄」故事中的一個活寶貝人物，叫做「唐寶牛」，記住，是「唐寶牛」，不是台灣以前女明星唐寶雲（眾笑不已）。他喜歡吹噓、愛吹牛、老擺架子、愛充當大俠，當大俠他還不心足，他要當「大俠中的大俠」，無以稱之，故自稱「巨俠」：唐巨俠！我是借這個人物來諷刺一些人自高自大的嘴臉。不過，小說中唐寶牛本身還是講義氣、有正義感的人物。結果，朋友用這稱號來叫我「溫巨俠」——我也欣然受之，敢情他們是來諷嘲我的吧！有時，我還以「巨俠」自稱，自得其樂也！管他的！

我筆下武俠小說的主題，常常是反權威、反暴力、反英雄——我只不反俠義，而推崇真情。所以，我本身也討厭甚麼盟主、教主、掌門人，而崇尚自由自在自得自然。我才不要甚麼無敵，無敵就是——天敵，我在「說英雄・誰是英雄」故事第八部《天下無敵》中就是用一部書來反諷這種求「無敵」的可笑心態，我更不想當天下第一——天下第一太辛苦了，當要接受他人的挑戰和不同的考驗，爲這麼一個名頭，值得嗎？我在「說英雄・誰是英雄」故事前七部《溫柔的刀》、《一怒拔劍》、《驚艷一槍》、《傷心小箭》、《朝天一棍》、《群龍之首》、《天下有敵》裡常出現一個反派人物：叫做「天下第七」文雪岸，他就聰明得多了，只願當「天下第七」，不肯當「第一」，所以，他當反派也當得很成功、很自在，整整佔了七部書四百萬字都沒有死，還越來越身踞高位。其實當「天下第七」也不錯啦，天下那麼大，人材那麼多，當「第七」已非同小可了，又不必承受那麼大的壓力。你們看，他名字叫「文雪岸」，要是把我名字用英文音譯，再轉譯成「文雪岸」也一樣是通的。「天下第七」直到第七部《天下有敵》才告傷逝，是因爲這位先生已開始不守本份，要越位踰份做大事，才有如此下場的。

這大抵是一種自我表態，也可用作自我惕戒。各位在臧否我爲人時，也不妨作個參考。

我在初到台灣不久，大抵是一九七七年的時候，當時仍在日本的胡蘭成先生給我捎來了一封信，大意是鼓勵我奮進，裡面有一句：「君若願為天下人之師即能為天下第一人耳。」我看了心中有點委屈，我根本就不想當「第一人」。現在年歲大了，這種想法更強烈多了。

王：聽您這麼說，您是個徹底的「自由人」了——更何況您文武兼修，保養極好，看去最多只三十出頭的「鑽石王老五」哩！

溫：「沒有道德的人是個最自由的人」，我不行，我還是有道德的，且歲月越長，越有道德觀念。比起來，年少時要不像話些。所以我還不算是個「徹頭徹面」的「自由人」。我也不想做這種人。我認為值得追求的自由都是自律、自制和自然的。

我也不是「鑽石王老五」，只是「王老五」。我買不起鑽石，但有幾房子的水晶、奇石。（突發奇想地）不如，叫我「水晶王老五」好了，我喜歡水晶，又有修習水晶念力氣功。或者叫「大亞灣核電王老五」也行，至少，威力猛些，人皆聞名而色變，望風而逃，見之而竊笑也！老實說，不管是甚麼樣威力強大的王老五，我都不想當下去，我寧可當「王小石」。

李：說起「自由人」，我大約在十年前曾在香港逗留過一段時期。那時候，您正好撰寫「少年冷血」系列，在自由人集團漫畫公司推出，是第一個把武俠小說發行到街邊書報攤的作家，引起極大的反應、轟動。由於忙碌的香港人極少去書局買書，街邊書報攤就成了熱門碉堡，但因爲香港地窄人稠，能擺放書籍雜誌的地方極少，所以份外珍貴。但您的書卻打進去了，且一下子賣完了，後來，馬榮成、黃玉郎、劉定堅他們都既出漫畫又每月一書，都是模仿您的構想，之後好像黃、馬、劉以及馮志明的作品版權問題，都有涉及您的構想，我們更知道香港有很多武俠漫畫其中內容也有不少抄襲自您的，至少也有您作品濃厚的影子，但他們卻偏裝說是來自金庸、古龍的橋段，沒這個風度面對現實，可不可以跟我們說說箇中內幕？

溫：內幕？沒有內幕。世上本無事，庸人自擾之。玉郎公司在八十年代初所出版的一些漫畫，的確有改編自我的武俠小說的，連作者都跟我在私底下承認了。但在一九八五年時，黃玉郎請託蕭若元，蕭若元轉託黃鷹（他本來也是一位相當優秀的武俠作家，惜英年早逝）找到我，要我過去談合約。我跟黃玉郎相處，大抵上都很愉快。我覺得他是個相當不錯的漫畫界領袖，是從基層打上來的，洞悉人心幽微，親切和善，沒有架子。至於他公司旗下好些作品有「抄橋」之嫌，這件事，衝著他面子，也就過去了，不必再提了。

·如有雷同　實屬抄我·

當時，我在玉郎公司出入只數次，漫畫家謝志榮、馮志明都來找過我，說看我作品已久，這才認識。我個人極敬重馮志明肯擔當、有氣概的好漢作風，世上有些人是做不來卑鄙事的，老馮是這種人，我對謝志榮也惜其才能，重其誠懇，他入江湖而不失赤子之心，還曾與他在八七年時一道赴過台灣。我跟馬榮成首次見面的時候，他那時還在編繪《中華英雄》，一見到我，匆匆站起，畫筆掉了一地，臉都紅了，予我印象甚為深刻，我曾在黃玉郎面前大讚過馬仔，他也無不悅之色。

大概到八七年前後，馮志明、馬榮成等忽都匆匆脫離了玉郎公司，當時事件鬧得甚大。有一夜，老馮帶了幾個朋友，其中包括了後來是自由人集團的劉定堅來見我，當時，他們跟玉郎鬧僵了，聽說玉郎要告他們，還收到了律師信、禁制令，很是徬徨，問我怎麼辦？也許，你們這些年輕人，知道我會看相和需要我鼓勵吧？於是我只觀察了他們當時的氣色和氣場（的確連掌紋也沒看，更不必問時辰、八字了），就表示「一時煩纏難免，但不久後即能獨當一面，紅極一時」，當時他們前程遍佈陰霾，所以都不大相信。但後來證實我說中了。阿劉當時還問我：「我以後還會不會咁『仆街』（即行『衰運』、破產之意）？」我回答：「還會。」他問：「我這次已很『仆街』囉！還會仆？」我答：「會。但會再起。」大致上，這十年來，大抵還是說對了大概。

李：豈止大概，這幾年間他們的起伏浮沉，確是這樣。

何包旦（以下簡稱「何」）：可不是嗎？一九八五年的時候，吳宇森正「霉」得發慌，給「新藝城」派出去台灣拍「笑匠」的時候，有一次跟溫大哥在半島酒店喝茶，大哥就說過他到四十歲後會紅到不清不楚，發到自己也不敢置信，不只港、台二隅而已。果然言中。

李：可是，在馮志明早前的《刀劍笑》裡，把您的四大名捕變作是窮兇極惡之徒，老是誤會人，一味好勇鬥狠，又給斫手斫腳的。數人圍攻還勝不了他筆下的主角人物，您不覺得太……太那個了嗎？

溫：那個？我相信老馮已手下留情了。何況編劇也不是他。

李：就算馬榮成後來成立的公司和部份前期作品，箇中情節，也有明顯模仿您的小說橋段，可是他們從沒有作出交代？有沒有徵得您同意？就算他自己不一定多看書，這明顯是馬榮成近期能力無以為繼的原由，但他手上的編劇可能「偷橋」，他也責無旁貸。更糟糕的是他們看的也不見得是精采的好書，且常以不看書為榮，真是一種墮落。

溫：在港寫武俠小說的人不算多，一些潛在的影響是在所難免的。

李：可是我們都在笑。

溫：笑？

李：笑在港的漫畫家、影視編劇都喜歡「標榜自己看的是金庸，改編的是古龍，其實是抄溫瑞安的東西」，這豈不成了一種風氣？

溫：（笑）那也是在說我。我也說過：我推崇金庸在武俠小說的成就，但我個人性情和文筆上則喜古龍多些。

王：這是兩種完全不同的境界和層次。您是謙讓、推功。有些人是抄襲、剽竊、在創意上「毀屍滅跡」。您不覺得生氣嗎？

溫：我還活著。我的作品不是你不提、你謾罵就可以摧毀得了的。我經歷過三次風險、四次大敗，我坐過牢，但我依然屹立不倒，作品也越來越好銷。我仍在寫呢！

王：其實不但漫畫受您影響，打開香港電影，您小說中的人物：王小石、蕭秋水、蘇夢枕、劉獨峰、四大名捕……的形象，不斷閃現，但卻偏沒掛您的名字，就連台灣報刊雜誌的標題用語，隨便翻翻就赫然可見您小說題名：「雪在燒」、「請借夫人一用」、「請你動手晚一點」、「殺了你好嗎？」……等的翻版、抄襲、剽竊、濫用，您對此全不反應嗎？

溫：我現在聽了，都覺得很有成就感。

陳：您縱容他們這樣忽視原創者的版權嗎？

溫：比起中國大陸一本書一本書的翻印，明目張膽，甚至為我寫下集，張冠李戴溫瑞安，這已算輕微、禮貌的了。

王：爲何不採取法律行動？

溫：你怎知道我不會！

王：假如您真不動氣，爲何又曾揚言「如有雷同，實屬抄我」？

溫：那只是一句豪語。

王：您不如揚言，「誰敢抄我，就打官司」！

溫：那是一封戰書。

李：現在劉定堅、馬榮成等都紛紛仿效您的《少年四大名捕》，推出每月、每周一書了，聽說這概念原先是您構想出來的？

·我對善人善，對惡人惡，我習慣以惡制惡，不算學貫中西，但一定惡貫中西·

溫：確是我想出來的，並找到劉定堅議定，而今，劉定堅公司推出自己作品，也名正言順。阿劉是個有魄力的人，而且也很有才幹，這個人反應快，重然諾，可能就是因爲太多言敢說，而讓人反感。他在創作上有豐富的經驗，我也希望他能翻身。不錯，他是自傲狂妄，但他驍勇善戰、不虛僞、不矯飾，比起那一幫平時見他坐大時就捧他的場，他勢弱時圍剿他的虛情假義之士，他當然自大狂傲得起！雖然，他批評的事、罵的人、說的論見，我大都不甚贊同，我欣賞的是他的人！事實上，早在一九八八年前後，我有一次跟馬榮成、少傑、何志文等晚膳，也鼓勵過他每月推出一文字小說，後來他也的確實現了這構想。（何立即說：「當時我在場，康姐、應鐘、玉霞都在現場，連翠亨酒樓的何、郭經理讀者都在聽呢！」）

王：可惜，他們寫的不算是小說。

溫：這就見仁見智了。

李：但他們從來不提是您的構想。

溫：誰的構想都一樣，他們是我的朋友（這次似是終於動了點火性了）。我的原則是這樣：人不犯我，我不犯人；人若借我肩膊往上踩，我也樂意借個肩膊給他。人站在巨人的肩膊上，總是看得比巨人遠一些的。可是，你踩上去後還當頭踏一腳，我就一定有能耐把你給甩下來。你故意踩我腳趾，我只好踏著你的尾巴。兵來將擋，水來土掩，多多益善，少少無拘。畢竟，從「美羅十三太保」開始，我闖蕩江湖逾三十五年了。我只怕好人，好人我不懂怎樣回報；惡人？我由小到大，從大馬到台灣，從香港到中國，只抱一個宗旨，對善人善，對惡人惡。我習慣以惡制惡。我不算學貫中西，但肯定惡貫中西。打不還手？罵不還口？除非你還不夠班，否則，別忘了我是寫武俠小說的，我也開過館教過武的！

可是，對待朋友，總是不一樣，應該寬容、諒解，我真要有本領，你擠我不下，你壓我不倒，你打我不過，你唬我不了的！

說實在的，當年自由人諸子要脫離玉郎公司，要辦自己的漫畫，我認爲有志氣、爭自由是好事，但我由始至終，均反對離開公司後任何對玉郎的人作出傷感情的批評和攻訐。何必？何苦？畢竟賓主一場，何況黃先生確對香港畫壇培植新秀、開創市場有莫大貢獻，但可能是因爲我對漫畫界並無實質、長期參與，沒資格提出意見，我的話，他們聽不進去，嗤之以鼻，那是可以理解的。可是您若真愛朋友，他們聽不入耳的，你總不能不說。八七年後，因得方娥真之勉勵鼓動，並得宋楚瑜、馬英九，還有孫啓明、蔣震，以及文化界葉洪生、陳曉林諸先生之助，我能重返台灣，較少逗留在港，已所知不詳。九一年後，因當時小女友慧慧之故，多在大馬逗留，直至九三年分手，九四年初入中國大陸，北京、上海、廣州、廣西，南上北下，到處遨遊，忙得不亦樂乎，也玩得不亦悅乎，並分別在深圳、澳門、珠海等地建立蝸居、分部，很少過問香港的事。

這段期間他們（漫畫界）發生過甚麼事，出版過甚麼，有甚麼過節，我一概不清楚，縱知道也大抵在回港時聽朋友說的。對於我作品被抄襲或模仿的問題，我想那是有的，但也沒甚麼大不了，那是一種「賞面」。就像我，我也有受古龍的影響，我便一生當古龍爲師，雖然我不一定寫得比古龍好。（李：那您是說寫得比古龍差了？）（白了一眼）我可沒這樣說過（眾笑！），只不過，我從不會不承認我受過影響的前輩和大師，我才不會那麼沒自信，我可把「師父」的「武功」發揚光大呢，又何必「欺師滅祖」那麼見不得光！至於每月出文字書的構想，他們能夠做到，我本來就是鼓勵年輕人去幹的，無所謂抄不抄。說「抄」的，直接而明顯的，倒是我在八七年時提供了台灣萬盛出版社爲我出版的一部《江湖閒話》，內有十數幅鄭問為我「四大名捕」、「白衣方振眉」、「大俠蕭秋水」、「布衣神相」等系列畫的插圖，我曾交給馬仔、老馮、阿劉、志榮、狄克、李志清，還有好一些人看了。我覺得這個倒給他們極大的影響。所以，他們後來漫畫中的主角人物和筆法，好些都是從鄭問畫我武俠人物例如遊俠納蘭、黑衣我是誰、沈虎禪的造型那兒變化出來的。那是受鄭問影響。變化都在我提供的那本《江湖閒話》之後，這點太明顯，毋庸置疑，但卻是我和我的作品提供的，這是來源，而且對日後香港漫畫影響深遠。董培新、盧延光、徐子雄、李林、林崇淡、林順雄、區晴、孫密德、李男、龍思良、瀠影、劉為民、戴曉明、沈勇、桑麟康、金傢仿、周克文、王東男、楊宏富、謝志榮、關德輝、長虹、葉浩、吳旭耀、王幼嘉、李永平、司徒劍橋、龐重輝、嚴志超、戇男、狄克、馮志明、洪泓、張放之、譚小燕、朱國強、袁輝、劉敖、蔡展明、王旭易、杜向、陳重宏、雨林、阿森等有三、四十位畫家都畫過我個人或我的武俠人物，有的畫得極高極妙，但影響沒那麼廣遠。（按：此段人物，由溫提供資料，葉浩補記。）

你們問的問題，這些年來大概超過一百二十幾個人問過我此事的來龍去脈和觀感，我大抵都保持緘默，因爲總覺得自己沒資格評論，既然你問了，這樣也好，我一併答覆了吧。香港漫畫界圈子已那麼狹小，一般而言都打不出香港，更遑論衝出亞洲，進軍世界，頂多才那麼個十萬八萬冊銷路。（王：大概還不及您十九歲時寫《四大名捕會京師》的十分之一，而到今天還在加印新版中呢！這個月好像又出了「雲南人民」的新版，裡面還有曹正文的評點推介呢！）這可是你說的。文學類書籍與漫畫書的讀者畢竟有分別的，不過，我還是認爲漫畫界應該團結一致，目光放遠，攜手並進，像過去香港電影一般在外地大放異彩才是，何必搞得如此尖銳、劇烈、水火不容。

王（喝采）：好，這才是溫大俠本色！快人快語！

王（叫好）：精采！這正是當年溫瑞安的氣派！

李（無奈）：我只是「自成一派」，不，我是 **apple pie**。

陳：那您在何時才重出江湖，重振旗鼓呢？

溫：我？九七年時我已在「香港皇冠」以全新面貌進軍，並打算加強中台兩岸攻勢，兵分三路，重拳出擊，新書舊作，交替推出，每一本書內外都要求「靚」得像一個「艷遇」！

陳：我們衷心希望您猛虎躍澗，獅子出窟，登高一呼，名動武林！別老是神龍見首不見尾的了！

溫：你別嚇唬我了。你這一唬，我又退出江湖了。我現在又退隱了，下海了。

陳、李：下海？

溫：對，下海。到珠海，建立了個「卜卜齋」。

王（認真地）：爲甚爲？

溫：（悠然自得）：沒事。因爲巧遇了一個美麗女子，看她一場舞後，容華怎生得忘？便輸掉了香港……就決定到珠海養豬，下海捕魚了。

王、李、陳（舒了一口氣，笑）：溫大俠又開玩笑了。

何（神神秘秘的笑說）：可能溫大俠說的是真的。

陳、李（有點擔心）：真的？不是吧？

溫：我這叫「間歇性無定向喪心病狂失驚無神神神化化神經失調症」——即是「神經病」（眾又爲之絕倒，笑得人仰馬翻）。這句是抄周星馳在「家有喜事」中說的，如有雷同，實屬抄襲。

訪問者：李順清　王鳳　陳國陣　何包旦
記錄者：夏蝶　白描　依蘭

【武俠經典新版】四大名捕系列

四大名捕會京師（四）會京師 大結局

作者：溫瑞安
發行人：陳曉林
出版所：風雲時代出版股份有限公司
地址：10576台北市民生東路五段178號7樓之3
電話：(02) 2756-0949
傳真：(02) 2765-3799
執行主編：劉宇青
美術設計：許惠芳
行銷企劃：林安莉
業務總監：張瑋鳳

初版日期：2021年03月新版一刷
版權授權：溫瑞安
ISBN：978-986-352-928-6
風雲書網：http://www.eastbooks.com.tw
官方部落格：http://eastbooks.pixnet.net/blog
Facebook：http://www.facebook.com/h7560949
E-mail：h7560949@ms15.hinet.net
劃撥帳號：12043291
戶名：風雲時代出版股份有限公司
風雲發行所：33373桃園市龜山區公西村2鄰復興街304巷96號
電話：(03) 318-1378
傳真：(03) 318-1378
法律顧問：永然法律事務所 李永然律師
　　　　　北辰著作權事務所 蕭雄淋律師
行政院新聞局局版台業字第3595號 營利事業統一編號22759935

定價：270元

國家圖書館出版品預行編目資料

四大名捕會京師（四）／溫瑞安 著. -- 臺北市：風雲時代，2021.02- 冊；公分

ISBN 978-986-352-928-6（第4冊：平裝）

1.武俠小說

857.9　　109019852